Emilia Pardo Bazán

Una cristiana

Barcelona **2024**
Linkgua-ediciones.com

Créditos

Título original: Una cristiana.

© 2024, Red ediciones S.L.

e-mail: info@red-ediciones.com

Diseño de cubierta: Michel Mallard.

ISBN tapa dura: 978-84-1126-345-0.
ISBN rústica: 978-84-96428-71-3.
ISBN ebook: 978-84-9897-669-4.

Sumario

Brevísima presentación

La vida

Emilia Pardo Bazán (1851-1921). España.

Nació el 16 de septiembre en A Coruña. Hija de los condes de Pardo Bazán, título que heredó en 1890. En su adolescencia escribió algunos versos y los publicó en el Almanaque de Soto Freire.

En 1868 contrajo matrimonio con José Quiroga, vivió en Madrid y viajó por Francia, Italia, Suiza, Inglaterra y Austria; sus experiencias e impresiones quedaron reflejadas en libros como Al pie de la torre Eiffel (1889), Por Francia y por Alemania (1889) o Por la Europa católica (1905).

En 1876 Emilia editó su primer libro, Estudio crítico de Feijoo, y una colección de poemas, Jaime, con motivo del nacimiento de su primer hijo. Pascual López, su primera novela, se publicó en 1879 y en 1881 apareció Viaje de novios, la primera novela naturalista española. Entre 1831 y 1893 editó la revista Nuevo Teatro Crítico y en 1896 conoció a Émile Zola, Alphonse Daudet y los hermanos Goncourt. Además tuvo una importante actividad política como consejera de Instrucción Pública y activista feminista.

Desde 1916 hasta su muerte el 12 de mayo de 1921, fue profesora de Literaturas románicas en la Universidad de Madrid.

El conflicto

Ciertos críticos encuentran una aureola de espiritualismo ruso en esta novela en la que la estructura social de la España del siglo XIX es descrita con naturalismo, a través de un personaje en conflicto con sus presuntos orígenes judíos.

I

Verán ustedes las asignaturas que el Estado me obligó a echarme al cuerpo con objeto de prepararme a ingresar en la Escuela de Caminos. Por supuesto, Aritmética y Álgebra; sobra decir que Geometría. A más, Trigonometría y Analítica; por contera, Descriptiva y Cálculo diferencial. Luego (prendidito con alfileres, si he de ser franco) idioma francés; y cosido a hilván, muy deprisa, el inglés, porque al señor de alemán no quise meterle el diente ni en broma: me inspiraban profundo respeto los caracteres góticos. A continuación, los infinitos «dibujos»: el lineal, el topográfico, y también el de paisaje, que supongo tendrá por objeto el que al manejar el teodolito y la mira, pueda un ingeniero de caminos distraerse inocentemente rasguñando en su álbum alguna vista pintoresca, ni más ni menos que las mises cuando viajan.

Siguió al ingreso el cursillo, llamado así en diminutivo para que no nos asustemos. En él no entran sino cuatro asignaturas, para hacer boca: Cálculo integral, Mecánica racional, Física y Química. Durante el año del cursillo no nos metimos en más dibujos; pero al siguiente (que es el primero de la carrera propiamente dicha) nos tocaban —aparte de profundizar los Materiales de construcción, la Mecánica aplicada, la Geología y la Estercotomía— dos dibujitos nuevos: el dibujo a pluma, «de sólidos», y el «lavado».

Yo no fui de los alumnos más exageradamente empollones, pero como tampoco era de los más lerdos (aunque me esté mal el decirlo), supe machacar el hierro donde convenía que se machacase, y acudir a la paciencia y a la tenacidad en asignaturas donde no bastando el ejercicio del entendimiento hay que forzar el automatismo de la memoria. Tuve algún tropiezo, pues no es fácil evitarlos al seguir una carrera en que deliberadamente se aprietan las clavijas a los alumnos, con el fin de sacar el número justo para cubrir las plazas vacantes. Año arriba o abajo, era seguro el éxito, y mi madre, que costeaba mi carrera ayudada por su único hermano, llevaba con relativa resignación, cuanta permitía su carácter, mis fracasos, por constarle que no eran muchos, y que al salir ingeniero hecho y derecho, tenía en el bolsillo los nueve mil... y dietas. Ni todos los tropiezos fueron de los que pueden evitarse, aun desplegando la mayor asiduidad del mundo. Un año estuve enfermo de anemia, complicada después con viruelas locas; y este incidente y otros que no hacen al caso, explicarán el cómo, gozando fama de joven estudioso y persona medianamente culta, hube de encontrarme a los veintiún años cursando el segundo de la carrera; es decir, faltándome tres para terminarla.

El año anterior, o sea el primero de la carrera propiamente dicha, me vi precisado a dejar alguna asignatura para los exámenes de septiembre. Atribuyo este incidente siempre desagradable a la influencia maléfica de cierta posada donde me alojé por tentación del diablo. El tiempo pasado allí me dejó indelebles recuerdos, que me traen la risa a los labios y unas vislumbres de indiscreto júbilo al alma cuando los evoco. Indicaré algo de ella, para que me digan ustedes si Arquímedes en persona sería capaz de empollar en semejante madriguera.

Hay todavía en Madrid tres o cuatro casas —verbigracia la de los Corralillos, la de los Cuartelillos, la de Tócame Roque— muy semejantes a la que voy a delinear. En su recinto moraba el vecindario de un mediano poblachón: tenía sus tres patios con balconada, sobre la cual se abrían las puertas de los cuchitriles o tabucos, numeradas en los dinteles; y no faltaban sus inquilinas desvergonzadas reñidoras, sus ciegos entonando coplejas al son de destemplado guitarrillo, sus gatos atacados de neurosis correteando de bohardilla a bohardilla y de baranda a baranda —ya a impulsos de amorosas emociones, ya en virtud de algún enérgico ladrillazo— sus tiestos de clavellinas y albahaca, sus pañales puestos a secar en compañía de desflecados refajos y remendadas camisas; en fin, todo lo que abunda en este género de guaridas de la villa y corte, mil veces descritas por los novelistas y los pintores de costumbres. El cuarto tercero de la derecha había sido alquilado a Josefa Urrutia, vizcaína, ex doncella de la marquesa de Torres-Nobles, y ex doncella en otro sentido, por culpa de «uno de minas». De los devaneos de la Josefa había resultado lo de costumbre: al principio muchas carantoñas, luego frutos de bendición sin la del cura, luego hastío del seductor, lágrimas de la víctima, abandono, juramentos de venganza y planes de exterminio, escándalos callejeros con presentación de rorro en mantillas, reclamación ante el juez, y providencia de este a favor de la ofendida, señalando una pensión de seis reales diarios a cada vastaguito. Solo que ¡vaya por Dios! de pago andábamos muy mal. Por fas o por nefas, hoy, que el papá se encuentra en

Montevideo y la letra no ha llegado; mañana que el cambio sobre España está por las nubes y no se puede girar, ello es que la desdichada Pepa no hubiera conseguido valerse y sacar adelante a los dos críos, si no tiene la feliz ocurrencia de arrendar el consabido piso tercero, arañar unos cuantos muebles en las prenderías y el Rastro, y con sábanas y almohadas de desecho, regalo de la señora marquesa, instalar la casa de huéspedes, nido de estudiantes y de chinches.

Al principio el negocio se presentó medianito: trampeando, trampeando. Por fin adquirió la Urrutia clientela, y cuando yo entré a morar en «la alcoba del comedor», estaba en su apogeo el establecimiento: ni una habitación desocupada, y todos huéspedes que pagaban honradamente (si podían) aparte de ciertas quiebras, cuyo origen descubriré en gran secreto. Habitaba la sala, lo mejorcito del cuarto, un cierto don Julián, valenciano, jaranero y alegre, derrochador sempiterno, amigo de francachelas y bromas, y jugador empedernido. Decía que estaba en Madrid pretendiendo un destino, destino que no llegaba nunca; pero el pretendiente vivía como un príncipe, y en vez de ayudar con los dineros de su pupilaje a sostener el negocio de Pepa, se susurraba entre nosotros que comía gratis y aun recibía de tiempo en tiempo tal cual doblilla destinada a derretirse en el peligroso faldellín de la sota de copas. Estas interioridades y flaquezas de Pepa Urrutia no hubieran trascendido (como ahora se dice) a no ser por el monstruo de verdes ojos, los empecatados celos. Teníalos rabiosos la vizcaína, de una vecinita guapa y fácil en tomar varas de los huéspedes fronterizos, según a ciencia cierta puedo atestiguar. Aguijada por la desesperación, Pepa gritaba sin reparo, y había lo de «pillo, estafador» por aquí, y lo de «si vergüenza tuviese usted, lo que me chupa y lo que me debe me pagaría volando» por allá. Don Julián, en casos tales, envainaba las manos en los bolsillos, apretaba los dientes, y callado como un muerto paseaba de arriba abajo por la sala. Aquel silencio encendía más el furor de la mujer, que a veces se deshacía en crisis nerviosa de llanto; y después de abofetear al valenciano con los últimos denuestos, salía pegando un portazo que retumbaba en todo el edilicio. Entonces solía asomarse al pasillo un hombre grueso, rubio, calvo, como de cincuenta y tantos años, de semblante afable y complaciente, quien con marcado acento portugués preguntaba a la colérica patrona:

—Pepiña, ¿quí tiene?

—Nada tengo yo... —respondía ella, metiéndose de estampía en la cocina y mascullando en vascuence terribles imprecaciones. La oíamos lidiar a porrazos con sartenes y cacerolas, y a pocos el chirrido consolador del aceite nos anunciaba que, a pesar de todo, se freían patatas y huevos y el almuerzo no andaba muy lejos ya.

El señor calvo y, grueso, que ocupaba la «sala del patio» llamada así por tomar luz del principal de la casa, era un inédito portuense, venido a España con el fin de entablar un litigio contra la Administración, por no sé qué infundios referentes a un patronato. Admirador entusiasta, como los portugueses en general, de la música popular española, vestido lo más ligeramente posible, en calzoncillos y, elástica (he de advertir que esto ocurría en el mes de junio), recatando su calva una gorrita escocesa con dos cintas flotantes atrás, y rascando una guitarra a cuyo compás gatuno y desafinado entonaba la letra siguiente:

«Quiérimi sivillana —niña lousana
—cándida flor que al son di mi guitarra
—pur ti palpita —mi corasaun...»

Aquí interrumpía el canticio y miraba hacia el ventanuco de una chica planchadora, asaz fea pero no menos vivaracha y comunicativa. Ella estaba asomada, riendo y guiñando los ojos. Exhalaba un suspiro el portugués, exclamaba en voz estentórea «Moy bunita» y con dobles bríos martirizaba el guitarro, continuando la letra:

«Ay qui plaser —is il amor —si s'halla un
alma angilical. —Y qui dolor —si hay falsi—
dad —no, no, no, no, no, no, no, no —huye
di mi —duda fataaaal!»

Terminada la canción, sacaba de la abertura de la elástica una petaca de paja, una caja de fósforos y una cajetilla de cigarros. Aún no había encendido el primero, cuando hacía irrupción en el cuarto del portugués un mozo como de veinticuatro años, huésped de Pepita también, a quien por largo tiempo consideré genuina personificación del artista. Llamábase de apellido Botello —nunca pensé en averiguar su nombre de pila—, era muy apuesto, de estatura gentil; gastaba melena, una melena no excesivamente larga, pero abundante rizosa; tenía el tipo mulato —a lo Alejandro Dumas, con labios carnosos y rojos, bigote a lo Van-Dick, ojos brillantes y piel morena finísima— y nosotros le mareábamos diciéndole Dumillas a cada momento. ¿Por qué nos habíamos empeñado los huéspedes de Pepa Urrutia en que Botello era artista? Hoy, cuando reflexiono, no lo entiendo. Botello no había dado jamás una pincelada, ni destrozado una sonata, ni emborronado un artículo, ni perpetrado un triste drama, ni siquiera un juguete en un acto; y sin embargo teníamos metido entre ceja y ceja que Botello no podía ser sino artista y artista consumado. Sospecho que era una convicción nacida —más aún que de su original y simpática fisonomía, y su género de vida especial— de su modo de vestir derrotado y mendicante. Llevaba en todo tiempo un abrigo entallado de paño azul, gire él nombraba el gabán del toisón, porque tenía en cuello y solapas ancho collar de mugre, con su borrego de manchas delante. Esta prenda estaba tan adherida a su cuerpo, que con ella salía a la calle, con ella se lavaba y afeitaba, y hasta la echaba sobre la cama para dormir. Los pantalones lucían orla de flecos; las botas eran de tacón torcido, y la piel rota ya descubría el calcetín, embadurnado de tinta por Botello a fin de que no asomase su indiscreto blancor. La esbelta figura y hermosa cabeza de Dumillas, embutidas en atavío semejante, no habían conseguido perder todo su encanto, antes los casi harapos, al adaptarse a su elegante torso, adquirían misteriosa nobleza.

Otro rasgo distintivo de Botello podía referirse al tipo artístico, y era su feliz descuido para la vida, su total menosprecio del trabajo, su absoluto desconocimiento de la realidad. Botello era hijo de un magistrado y sobrino del administrador de un magnate. Al morir el padre de Botello, quedó el chico bajo la tutela de su tío, el cual le daba casa y comida y le entregaba sus cinco mil reales anuales de alimentos, exigiéndole únicamente que se retirase a las doce de la noche. Ni le obligó a estudiar ni hizo por darle educación, y cuando hubo caído en la cuenta de que el muchacho pasaba todas las veladas en la timba o en el café flamenco y volvía a casa a las tantas y tenía llavín para entrar sin ser sentido, puso el grito en el cielo, y en vez de tratar de corregirle, le arrojó de su hogar ignominiosamente. Sin oficio ni beneficio, con veintiún duros mensuales por todo caudal, Botello rodó de casa de huéspedes en casa de huéspedes a cual peor y más desastrada, hasta que en un garito trabó conocimiento con el insigne don Julián, tirano del corazón del Pepa Urrutia. Enganchado por esta amistad se vino a nuestro albergue. Desde entonces Botello tuvo curador ejemplar en el valenciano. Encargábase don Julián de cobrar la mesada del mozo, y acto continuo, a la timba a probar fortuna. Si venía una racha de cien o doscientos pesos, los veintiuno de Botello se le entregaban religiosamente, y aún podía caerle alguna propineja. Si la suerte era contraria, ya podía Botello cantarles el oficio de difuntos. Como necesitaba la guita, el pupilo solía armar con su curador unas zapadestas de mil diablos. «A ver, señor mío, ¿qué hago yo este mes?» Y entonces —aparición providencial— surgía la Pepa en defensa de su caro estafador, y chillaba amenazando a Botello:

—Usted calla... Usted calla... Yo me espero...

—¡Sí! —respondía el mísero—; pero el caso es que ni para tabaco me ha dejado un real.

La Pepa echaba mano a la faltriquera, y a sacando una peseta roñosa:

—Usted tome... Una cajetilla compre...

Cuando las pesetas de la Pepa escaseaban —y aunque no escaseasen— Botello recurría a colarse en la habitación del portugués no bien le oía restallar el fósforo para encender el cigarro; y entre bromas y veras, la mitad de la cajetilla pasaba al bolso del bohemio. Acostumbrado el portugués al carácter y modos de Dumillas (de quien aseguraba con profunda fe que era muito artista), no se formalizaba jamás ni por sus guasas ni por sus merodeos y depredaciones. Al contrario, diríase que las travesuras de Botello despertaban en el médico guitarrista afecto y benevolencia inexplicables. Y cuidado que a veces las jugarretas del bohemio pasaban de castaño oscuro. Citaré una para muestra.

Obligado el portugués a hacer visitas y presentar recomendaciones para activar el despacho de su asunto, encargó un ciento de tarjetas muy satinadas y litografiadas, donde en preciosa letra cursiva se leía su nombre: «Miguel de los Santos Pinto». Acertó a verlas Botello, y nos las fue enseñando por todos los cuartos, asombrándose de que tuviese tan pocos apellidos un portugués. El quería añadir cuando menos: «Teixeira de Vasconcellos Palmeirim Junior de Santarem do Morgado das Ameixeiras», para que estuviese en carácter. Se lo quitamos de la cabeza; pero fue todavía peor lo que se le ocurrió después. Escamoteándome la pluma topográfica y la tinta china que yo usaba para mis planos y mis dibujos, escribió delicadamente debajo del «Miguel de los Santos Pinto» esta cajetilla: «Corno de Boy». A fin de no molestarse en añadirlo a todas las tarjetas, hízolo solo con veinticinco, escondiendo las restantes. Al otro día justamente salió de visiteo el lusitano, y repartió diez o doce de las tarjetas adicionadas por Botello. El domingo siguiente encontrose en la calle del Arenal a un conocido, que le detuvo y le preguntó sofocando la risa:

—Pero don Miguel, ¿usted se llama efectivamente Corno de Boy? ¿Hay en su país de usted ese apellido?

—¿Yo? —respondió amoscado el lusitano—. Yo mi llamo Santos Pinto nada más.

—Pues mire usted esta tarjeta.

—A ver... a ver... —murmuró el pobre hombre—. ¡Y dis eso! —exclamó atónito al leer la coletilla.

—Será alguna equivocación del litógrafo —indicó maliciosamente el amigo. Pero don Miguel no se la tragó, y apenas llegado a casa enseñó la tarjeta a Botello, pidiéndole estrecha cuenta del desaguisado. Tan calurosas protestas de inocencia hizo el grandísimo truhán, que logró convertir hacia mí las sospechas. «¿No ve usted —decía— que la tinta y la pluma con que eso se escribió, en su cuarto las tiene Salustio? No se fíe usted de las mosquitas muertas. El que parece más formal...» De resultas de este ardid maquiavélico, yo, que en la vida me metía con el benigno portugués, fui el único huésped a quien él miraba con prevención y recelo. Creo firmemente que su ceguedad era voluntaria, pues de otras diabluras de Botello no pudo quedarle ni la duda más leve. Jugando un día al dominó con su víctima, Botello tuvo arte para encasquetarle una corona de papel con orejas de borrico, a fin de que se desternillase de risa la ninfa de la plancha, que atisbaba cuanto en la habitación ocurría. Otra vez le prendió rabitos de papel en los faldones, y así salió Pinto a la calle, siendo la irrisión de los granujas. No obstante, la indulgencia del portugués hacia el bohemio no se desmintió jamás. Cuando a Botello le faltaba parné con que pagar la entrada en algún baile, a don Miguel acudía en demanda de medio duro. Después agotaba la elocuencia para convencerle de que debía echar una cana al aire y acompañarle al bailecito. A la negativa del portugués, que alegaba no querer disgustar a la planchadora, replicó Botello llamándole panoli; y como el lusitano no entendiese la palabrita y se mostrase algo amostazado, el bohemio hizo ademán de restituir el medio duro.

—Tómelo, tómelo, ya que está usted enfadado conmigo —exclamaba el muy lagarto—. Mi dignidad no me permite aceptar favores de quien me ve con malos ojos. ¿Verdad que está usted enfadado?

—Yo con usted no mi puedo enfadar nunca —declaró el portugués metiéndole en la mano a viva fuerza la moneda; y volviéndose hacia los que presenciábamos la escena, pronunció con la sonrisa de mayor bondad que nunca he visto en rostro humano—: Este rapaz... ¡muito artista! —después se volvió a su ventana a rasguñar el guitarrillo.

Vamos, convengan ustedes en ello: no hay posibilidad de consagrarse a un estudio arduo, abstracto, cotidiano, en casa donde a cada instante ocurren incidentes como los que dejo referidos. Las risotadas alternando con las quimeras; las correrías por los pasillos; las continuas entradas y salidas de los haraganes que no acertando a matar el tiempo discurren cómo hacérselo perder a los aplicados; la irregularidad en las horas de comida y almuerzo; la llaneza confianzuda con que todos nos metíamos a vivir en las habitaciones de los demás; el trasnochar y el despertarse a deshora, no son eficaces auxiliares para brillar en la Escuela de Caminos. Por otra parte, el contagio de la broma y de la cháchara es inevitable en mi edad. Allí había otros estudiantes, de la Universidad, de Montes, de Arquitectura, y ninguno era un prodigio de aprovechamiento. Yo quizás les vencía a todos en empollar; pero como mis asignaturas ofrecían mayores dificultades, el caso es que aquel año me quedé colgado hasta septiembre, y hube de pasarme las vacaciones en Madrid, sin gozar las frescas brisas de mi tierra. Sería aquel un verano aburrido, interminable, a no rodearme gente tan levantisca y retozona, y a no darnos tela el portugués, eterno mártir del inagotable buen humor y de la sindineritis crónica de Botello. Cuando no había modo de entretener la tarde, Dumillas castañeteaba los dedos y nos decía sacudiendo la gallarda cabeza sudorosa, para echar atrás la melena negrísima que le sofocaba:

—Vamos a hacerle una sarracinada a Corno de Boy. ¿Quién me ayuda a coger chinches?

—¿A coger chinches?

—Cabal. A ver si armáis un cucurucho y lo llenáis de chinches gordas, bien llenito. Las medianas no sirven. Que sean de primera magnitud.

Salía cada cual hacia un cuarto a realizar tan extraña caza. Por desdicha el ojeo no era difícil. A poco que escudriñásemos en nuestros jergones o debajo de nuestras almohadas, reuníamos sin gran esfuerzo una docena de bichejos asquerosos. Rendíamos nuestro tributo al inventor de la diablura, y él juntaba en un solo alcartaz las chinches de todos. No bien comprendíamos que se acostaba el portugués, a oscuras, descalzos y reprimiendo la risa, nos apostábamos a la puerta de su cuarto. Así que don Miguel comenzaba a roncar, Botello alzaba suavemente el pestillo, y como la cabecera de la cama estaba contigua al marqueado de la puerta, no necesitaba el diablo del artista más que destapar el cucurucho y desparramar las chinches contenidas en el papelón sobre la cara y cabeza del durmiente. Terminaba esta operación, cerraba Botello con mucha cautela, y nosotros, hechos una piña y pellizcándonos mutuamente de puro excitados, aguardábamos a que se iniciase la campal batalla.

No habían transcurrido dos minutos cuando sentíamos rebullirse al portugués. Oíamos primero frases truncadas e ininteligibles, luego claras interjecciones, luego el estallido de un fósforo y la repetición azorada de la palabra «¡Credo!». Acudíamos hipócritamente, preguntando si estaba enfermo, si le ocurría algo.

—¡Credo! —respondía el buen hombre—. ¡Credo! ¡Persevejos por aquí, persevejos por allí! ¡Credo! ¡Irra!

Al día siguiente le proponíamos variar de cuarto, y así lo hacía esperando hallar remedio a sus males; solo que como repetíamos la caza, repetíase también el sainete. Con semejantes chanzas pesadas fuimos engañando la canícula; y lo que más me asombra es que al bendito portugués, blanco de todas ellas, no se le ocurriese ni remotamente cambiar de hospedaje, ni plantarle un día un bofetón de cuello vuelto a su verdugo.

Cuando aprobé en septiembre las asignaturas que me faltaban, necesité hacer un enérgico llamamiento a la potencia superior del alma, o sea a la voluntad, para resolverme a poner por obra lo que en mi opinión convenía al lusitano: mudar de alojamiento. El cebo de la pereza y de la vida alegre; lo entretenido del trato de Botello, a quien era imposible no profesar cierta lástima muy análoga a la ternura; los mismos defectos e inconvenientes de aquella posada, iban apegándome a ella más de lo justo. Sin embargo, venció mi razón en la contienda. «La vida es un tesoro y no hemos de despilfarrarla en chiquilladas y en insulsas bromas», pensaba yo al arreglar mis bártulos para irme a otra parte con la música. «Si ese infeliz de Botello es un sonámbulo y se ha propuesto morir en el hospital, yo en cambio estoy determinado a tener una carrera, tomarla por lo serio y ser libre y dueño de mis acciones. Aquí no hay más que ilusos y gente predestinada a la miseria anónima. Vámonos a donde se pueda trabajar.» No obstante, la despedida me oprimió unas miajas el corazón. La Pepa lloraba a lágrima viva por tan buen huésped, que pagaba religiosamente y nunca le había «dado que sentir ni así tanto». Mis ojos no se humedecieron; pero, lo repito, sentí pena como sume apartarse de seres muy queridos, al abrazar a Botello y apretar la mano del bonachón portugués. Según iba andando detrás del mozo de cuerda que cargaba mi baúl, hice las siguientes reflexiones para explicarme mi emoción:

«Esta irregularidad pintoresca, este predominio del sentimiento y del humorismo, y este desprecio de la realidad que noto en la casa y en los huéspedes de Pepa Urrutia, son atractivos, porque constituyen una forma del romanticismo innato en nuestra raza, romanticismo que yo padezco también. La tal casa parece un familisterio, basado no en la comunión socialista, sino en la falta de hiel y de sal en la mollera. Me he encontrado ahí con varias personas que a fuerza de ser excelentes, no tienen ni tendrán nunca un adarme de juicio ni de sentido común. Por lo mismo, sospecho que las echaré muy en falta los primeros tiempos; que siempre las recordaré con nostalgia, y que al ir corriendo años, se me figurará poético y precioso hasta lo de las chinches. Sin embargo, yo valgo más que lo que dejo, pues soy capaz de dejarlo.» Y me consolaba el orgullo de tenerme por más formal y positivo que los pupilos de la vizcaína.

II

Duraron mis saudades menos de lo que temí. Cada ser prefiere su elemento natural, y el mío no era el desorden, el galimatías de la posada bohemia. Mi nuevo paradero estaba sito en la calle del Clavel: un cuarto cuarto, soleado y con habitaciones no tan angustiosas como suelen ser las que se ofrecen por trece reales diarios. También era vizcaína la patrona, porque lo son la mitad de las patronas de España; pero bien distinta de la Pepa Urrutia: limpia como los chorros del oro, excelente guisandera de bacalao con tomate, callos, paella y demás sabrosas porquerías de la cocina nacional, y exenta de pasiones devastadoras, al menos que estuviesen a la vista, por lo cual todos los huéspedes saldaban sus cuentas o salían pitando.

En la casa de doña Jesusa —por ser de edad madura, le aplicábamos el doña— las camas, aunque empedernidas y angostas, eran aseadas, la criada argandeña hacía sábado a menudo, en el pasillo, delante de la cocina, cantaba enjaulado un jilguero, la noche de Navidad se comía sopa de almendra y besugo, y no faltaban en suma ciertos toques de humilde bienestar y paz doméstica. Verdad que todo andaba muy apurado y justo: de ordinario los cinco o seis estudiantes que nos sentábamos a la mesa, nos levantábamos mal satisfechos, porque la pitanza salía tasadita. No quiero murmurar del chocolate, que era engrudo tiznado de ladrillo, ni de la tortilla coriácea, ni de las manzanas y peras del postre, que parecían contrahechas en cera, según la abstención que con ellas observábamos. «Debían darnos siquiera el postre de los sentenciados a muerte, pasas y almendras», decía mi paisano Luis Portal, que era, a lo serio, bastante guasón. Pasaré también por alto la eterna monotonía de la sopa de pasta calificada por Luis de «alfabética» o «astronómica», según representaba letras o estrellitas. Prescindiré de la penuria del cocido, con su tocino oculto detrás de mi garbanzo y partido ya en raciones para que un huésped solo no se engullese las de los demás; y no delataré las gusaneras del pescado, ni las Placideces de la carne. A mi edad es raro que el sibaritismo y la gula den mucha guerra. Por otra parte, los días del santo de cada pupilo o de fiestas muy señaladas y de repique gordo, doña Jesusa nos obsequiaba con algún guisote en que había puesto los cinco sentidos, y entonces nos desquitábamos. Siempre observaba doña Jesusa los días clásicos y los distinguía con algún refinamiento en la mesa, y estos extraordinarios ayudaban a conllevar la habitual estrechez, remedando las gratas alternativas del hogar doméstico.

Luis Portal, que era hijo de un cafetero de Orense y muy regalón y habilidoso, ideó que podíamos, sin gran dispendio, tomar café mañana y tarde. Compró de lance, en el Rastro, una cafetera para seis tazas; por los mismos medios agenció un molinillo; procurase del mejor café tostado y sin moler, dos libras de azúcar morena, y repartidos los gastos a prorrata, resultó en efecto baratísimo el delicioso brebaje. Si pudiésemos llegar a la media copita de fine o de mono... Pero ahí nos estrellábamos; ahí no bastaban nuestros recursos. El coñac era ruinoso. Portal tenía una botella traída de su casa en el fondo del baúl; nos impusimos la obligación de estirarla, bebiendo solo un dedalito; y la consigna se observó tan bien, que al cabo de dos días le vimos el fondo a la botella.

Resumiendo, y para ser sinceros: en la casa de doña Jesusa se podía estudiar. Había horas, silencio, quietud. Alguna que otra vez nuestra patrona regañaba a la criada; pero este ruido familiar y previsto no alcanzaba a distraernos. Cada cual según la extensión de sus facultades, empollábamos todos, procurando no tener que excusarnos cuando los profesores nos preguntasen. El de Máquinas nos inspiraba un poquillo de miedo, por su gran afición a salir de pesca, o sea a alterar el orden establecido para preguntar la lección. Ya he dicho que yo no sobresalía entre mis compañeros por extremar la asiduidad, ni Luis Portal tampoco: ambos nos dábamos maña para poner en ejercicio el entendimiento, sacándolo a flote hábilmente, no dejándolo sucumbir bajo el peso de la memoria, porque temíamos la depresión especial que causan estos estudios áridos y rigurosos en los cerebros pobres, y que Luis llamaba «la guilladura matemática». En cambio, dos chicos de los que vivían con nosotros estaban tan rendidos y agotados, que recelábamos que al acabar la carrera (si la acababan) parasen en un tonticomio. Era el uno de ellos un cubano, dotado de prodigioso memorión. Con ayuda de esta facultad inferior, pero tan indispensable y que de tal suerte cubre las faltas del entendimiento, se tragaba los libros, y siempre que no se preciase discurrir, poner ni quitar al texto, se presentaba con admirable brillantez. Solo que la más mínima objeción, la interrupción más leve, cualquier circunstancia de esas que obligan a apelar a la inteligencia, le mataban; aturullábase todo y no había manera de que contestase al derecho ni a la cosa más sencilla. Portal le llamaba «el lorito», y se reía mucho de su calma, de su dejo lánguido, de verle siempre tiritando, hasta encima del brasero. Cuando soltaba los libros, era el antillano lo mismo que pájaro a quien le desprenden un collar de plomo. Entonces, a falta del vigor mental necesario para manejar garbosamente las pesas y las barras de hierro de las ciencias exactas, mostraba el pobre desterrado las galas de una brillante fantasía, toda luz y colores, o por mejor decir, toda lentejuelas y fuegos fatuos. En boca suya, la frase más vulgar revestía forma poética; rimaba sin sentirlo y, al sonsonete; era capaz de estarse una hora hablando en verso bien medido y armonioso; pero el satírico Portal decía que los versos del cubano tenían exactamente tanto valor artístico como la música que componemos y tarareamos al extender distraídamente por los carrillos el jabón para afeitarnos, y que hacían el mismo sentido leídos de arriba abajo que de abajo arriba. «Vamos a llamarle el sinsonte, en vez del lorito», añadía cada vez que el cubano nos endilgaba sus poéticas sartas de cuentas de vidrio, lo cual solía ocurrir después que se atiborraba de café.

El otro asiduo era un zamorano, de estrecha frente y obtuso magín, huérfano de padre y madre, que seguía la carrera a expensas de una abuelita octogenaria, ya paralítica, la cual le había dicho: «No quiero morirme hasta que tú seas hombre y tengas concluidos los estudios y asegurado el porvenir». Bien tenue hilo ataba a este mundo a la viejecilla, y el mozo lo había comprendido y desplegaba una energía silenciosa y feroz. Así como el cubano empollaba con la memoria, el zamorano lo hacía con la voluntad en tensión perpetua. Sus escasas facultades le obligaban a trabajar doble; para él no había noches de sábados, ni fiestas de domingo, ni paseo, ni carteíto con novias, ni nada, nada más que el libro, el eterno libro, ecuación va y ecuación viene, problema arriba y problema abajo, sin un minuto de desaliento, sin una falta de asistencia, sin un día de excusa. «¿Has visto ese animal, que no pierde ripio?» me decía mi paisano. «Va a ser ingeniero antes que nosotros... si no deja la piel. Porque está muy flaco y a veces tiene las manos acaloradas. Le noto mal aliento; de fijo que ya el estómago no rige. Claro, ni hacer ejercicio, ni una triste distracción... Salustiño, bueno es salir avance, pero también hay que mirar por el número uno.»

21

Con Luis Portal hice yo excelentes migas, llegando a contraer estrecha amistad, aunque nuestras ideas y aspiraciones eran muy diferentes. Portal gustaba de manifestarse como hombre sagaz y práctico, o al menos daba indicios de que lo sería cuando llegase a la edad en que se marca y consolida la complexión moral de individuo. No diferíamos totalmente en nuestro criterio: había dogmas comunes: Portal, lo mismo que yo, se declaraba partidario del self-help; aborrecía tutelas e imposiciones; creía que el hombre debe bastarse a sí mismo y aprovechar los primeros años de la juventud en preparar días de libertad o de bonanza para la edad viril. «No parecemos gallegos —me decía a veces— por la actividad que desplegamos en todo.» Yo oponía a su observación el espíritu emigrante y aventurero que se ha desarrollado en los gallegos de poco tiempo acá. «Desengáñate —repetía con obstinación—: tenemos más de catalanes que de gallegos, chacho.» Si en el modo de entender la dirección de la vida nos parecíamos mucho mi amigo y yo, no así en la apreciación del fin principal de la misma vida. Portal acostumbraba exponer el programa siguiente: «Chico, yo no he de andarme con pamplinas, ni papando moscas. Trataré de ganar dinero para reírme del mundo. Pasarse los años entre escaseces y privaciones, es una bronca. Mi papá es don Alejandro en puño, no suelta cuartos: y yo ignoro a estas horas el sabor de muchas cositas buenas que hay por ahí. No sé si por las vías de la profesión estoy en camino de catarlas; se me figura que en cuanto a sacar partido, los políticos y los negociantes la aciertan mejor que los científicos: verdad que lo uno está declarado incompatible con lo otro, y que Sagasta es ingeniero. En fin a mí que me dejen los brazos libres, y me las arreglaré. O soy un majadero, o salgo de pobre». Aplaudiendo la gallarda resolución de Portal, yo comprendía que mis sueños de porvenir se diferenciaban de los suyos. Portal entendía por «cositas buenas» el comer opíparamente, el beber ricos vinos, el fumar soberbios tabacos, acaso sostener a una bella pecadora, quizás casarse con una señorita linda y bien acomodada; yo, sin despreciar estos bienes, no aspiraba concretamente a ninguno de ellos, sino solo a la libertad, presintiendo que con ella vendría algo muy hermoso y merecedor de ser saboreado y gozado, pero no en el sentido material y positivo: algo que podía ser gloria, celebridad, pasión, aventura, millones, mando, hogar, hijos, viajes, lucha, hasta infortunio, pero que al fin sería vida, vida completa y digna del ser racional, que no ha de reducirse a vegetar ni a golosear los placeres, sino que debe recorrer toda la escala del pensamiento, del sentimiento y de la acción. Yo no podía definir en qué consistían mis esperanzas; pero me parecería que las rebajaba si las redujese a algo positivo y sensual, como mi amigo Luis. Y no por esto me creía un visionario, un entusiasta ni un soñador. Comprendía, al contrario, que si mi frente se alzaba a veces hacia la región de las nubes, mis pies permanecían firmes en la tierra, y que todas mis acciones eran propias de hombre resuelto a abrirse camino sin dejarse distraer por la sirena del entusiasmo.

Si nuestro credo individualista tenía ciertos puntos de contacto, en el colectivista andábamos más desacordes Portal y yo. Los dos republicanos, se comprende; pero él castelarino, embolado, oportunista, casi monárquico a fuerza de concesiones, y yo radical, de los de Pi, convencido de que en España no es lícito transigir ni un punto con lo pasado, al contrario debemos entrar resueltamente y de una vez por la senda de la transformación honda y, progresiva. «Esas transacciones nos pierden, son funestas —objetábale yo—.» Y la palabra transacción, en este caso, equivale a engañifa. Se dice transacción, por no decir capitulación y derrota. Si nuestros abuelos, aquella gente honrada del 12 al 40, hubiesen transigido y andado con paños calientes y contemplaciones, bonitos estaríamos ahora. Duele el momento de extirpar un lobanillo, y se producen perturbaciones en la economía, pero el lobanillo extirpado queda. No comprendo esa manía de contemporizar con el ayer, con la España absoluta y fanática. Tu ilustre jefe —a Castelar le llamábamos así— es un vividor, amigo de agradar a las duquesas, a las testas coronadas, y a eso llama él conservar la tradición. Palabrería. Por fortuna, ni los franceses en 93 ni nosotros más adelante hemos seguido ese método. Déjame de historias. Al paso que vamos, dentro de pocos años España volverá a poblarse de conventos. Es absurdo tolerar semejante artimaña, y hasta protegerla, como nuestro liberalísimo gobierno hace. Los jesuitas tienen vuelta a tender la red; a cada rato aprietan un poquito más la malla. Cualquier día nos envuelven del todo. Claro que a los pájaros gordos, como ellos saquen su escote, les importa un pepino lo que venga detrás. En pos de mí el diluvio, que decía aquel peine de Luis XV. No cabe en cabeza medianamente organizada eso de que para debilitar y desarraigar una institución como la monarquía se empiece por afianzarla, halagarla, implantarla suavemente en el corazón del pueblo. Yo no trago ese anzuelo de la transacción. A mí que no me vengan con ese choyo.

Portal se atufaba y me replicaba no menos enérgicamente:

«Pues eres un inocente, por no decir otra cosa. Los que piensan como tú se chupan el dedo. Con vuestro sistema, en un decir Jesús volvíamos a tener soliviantados a los carlistas, y a España hecha un hervidero de motines y de trifulcas. No quiero pensar tampoco lo que sucedería con vuestra federación famosa. A los dos meses de establecido el cantón gallego, ni los rabos: todos hablamos de querer mandar y nadie obedecer. Si empiezas por herir y lastimar los sentimientos de una nación, tiene que producirse el desbarajuste que siguió a la Revolución de septiembre. Desengáñate, Castelar caza muy largo. Esto es la minoría de una república, no la de un rey. Que nos caiga la república por su peso, como una perita madura...»

«A otro perro con ese hueso... Lo que quieren aquí todos es seguir mandando... Chacho, no hay ideal, se acabó ese género. Y es necesario que lo resucitemos, créeme...»

«Déjame de ideales y de monsergas —replicaba Portal enojándose—. Por los ideales nos vienen a nosotros todos los daños. No hay más ideal que la paz, y poco a poco ir arreglando todo este belén.»

Otra ocasión de disputa era la del regionalismo. Yo no me andaba con chiquitas: quería la independencia del territorio gallego. Sobre la anexión a Portugal ya discurriríamos: se vería lo más conveniente; pero a Portugal también le traía cuenta sacudir su vieja y churrigueresca monarquía, y asentir a la «federación ibérica».

—No sé qué diera porque pudieseis ver realizado ese cochino ideal por espacio de veinticuatro horas —exclamaba Luis—. Lo que es en Galicia, como se declarase en cantón, ni los diablos paran. Fíjate en una cosa: en España los organismos administrativos... ¿hablo o no hablo con propiedad? cuanto más chicos, peores. El gobierno central, como tú le llamas, hace mil barrabasadas: pues las diputaciones provinciales hacen dos mil; los alcaldes de pueblo, tres mil; y los de aldea, un millón... Afortunadamente, hablar de la independencia galaica es como que si hablásemos de la mar con peces y arenas.

—¡De modo que, según tú, las provincias no tienen derecho a decir como los individuos cada cual para sí?

—Mira, déjame de derechos. Discutir derechos en esta materia, es echarse por los cerros de Úbeda. Con derechos y andrómenas soy capaz de probarte que ahora la verdadera reina de España es Isabel II, y que su nieto la usurpa el trono. En política racional no hay derechos ni mojigangas, hay lo que conviene o no conviene, hay lo acertado y lo desacertado, hay un olfato y un tacto que yo no te puedo explicar en qué consisten, pero que se manifiestan en los resultados. Con las ideas radicales se va a la lógica del absurdo. El álgebra no me la apliques a la política. Y déjate de independencias. Es una realidad indiscutible la patria española, aunque tú creas que no.

Irritado por esta contradicción, solía exclamar:

—Valiente antigualla está lo del amor patrio. Los grandes pensadores se ríen de la idea patriótica. Esto no me lo negarás.

—Diles a esos grandes pensadores, que vayan a pensar a un pesebre. Si suprimen poco a poco los resortes porque se ha movido siempre la humanidad, se nos acaba el pretexto hasta para vivir. Ya sabes que no me da por lo sentimental, pero la patria es como la familia, que maldito si se necesita acudir a poesías y sentimentalismos para quererla y defenderla hasta la muerte. Todo lo arreglas tú con sacar el Cristo de la antigualla. Pues las antiguallas son inevitables, y precisas, y convenientes. De antiguallas vivimos. Y no es esta antigualla de la patria la única que llevamos en la masa de la sangre. Hay otras infinitas, chacho, que no las soltaremos ni en veinte siglos. Yo creo que aquí, para fomentar las ideas que vayan reemplazando a las antiguallas, lo que hace falta es cruzarnos con otras raras; todos los que nos ilustremos un poco ¡a casarnos con mujeres extranjeras!...

A veces por estas metafísicas nos liábamos y pegábamos grandes voces, de sobremesa o mientras despachábamos el cocido. Por lo regular nos infundían estas disputas mayor afán de comunicación y roce intelectual; insensiblemente, discutiendo, nos adheríamos el uno al otro, por el convencimiento de que aún profesando opiniones distintas, éramos capaces de entendernos y de darnos mutuamente un poquillo del alma. Habíamos llegado a ser inseparables. Nos auxiliábamos para el estudio; paseábamos juntos, hasta cuando Luis iba a rondar la casa de cierta novia cursi que se había echado; juntos nos sentábamos a la mesa del café de Levante; juntos íbamos, cuando danzaban en nuestro bolsillo algunos realejos, a nuestra distracción favorita, el paraíso del Teatro Real. Todos los estudiantes alojados en casa de doña Jesusa éramos filarmónicos, todos nos perecíamos por la Africana o los Hugonotes, especialmente el cubano, melómano furioso, que padecía accesos de epilepsia musical. Su admirable retentiva no era menor para la notación que para la palabra rimada, y nosotros nos divertíamos, al volver, haciéndole tararear la ópera enterita.

—Trinidad —le decíamos, porque el cubano se llamaba así—, anda, cántanos el dúo de amor, de Vasco y Selika.

—Trinidad, los puñales.

—Trini, el o paradiso.

—Trinidad, aquello del coprefuoco.

—Anda, Trinito, el salmo protestante... Ea, la entrada de los violines... las notas del oboe, cuando sale Marcelo...

El sinsonte gorjeaba cuanto le pedíamos, repitiendo con pasmosa exactitud los detalles de instrumentación más leves. Por último, cansado ya, nos decía en tono suplicante:

—Déjenme acostar, que esto ya parece songa.

III

Una mañana, o mejor dicho una tarde, casi a fin de curso, salimos disparados de la Escuela, y pegamos como siempre la gran corrida desde la calle del Turco hasta la del Clavel, porque conviene advertir que desde las ocho, hora en que nos desayunábamos con el chocolate de barro cocido, hasta la una y media, que terminaba la de dibujo, las clases se empalmaban, no dejándonos sostener el cuerpo más que con alguna ensaimada que a hurtadillas comprábamos al portero, o algún mendrugo que apañábamos en casa para llevarlo de provisión. Olfateando el almuerzo ya, subimos dos a dos las escaleras, y al entrar en el comedor me sorprendió encontrarme frente a frente con mi tío Felipe, quien me dijo sin preámbulos:

—Hoy te vienes conmigo a almorzar a Fornos. Se me figura que aquí lo de bucólica anda medianamente.

—Yo, por ir... Pero tengo tanto que estudiar estos días... —contesté haciéndome de pencas.

—¡Bah! Porque no estudies hoy no pierdes el año. Anda, que tenemos que charlar... charlar... de muchas cosas —añadió con misterio.

La verdad es (y de nada me serviría disfrazarla, pues tiene que resaltar con fuerza en el curso de esta narración), que yo no sentí jamás por mi tío Felipe no digamos simpatía o respeto: ni siquiera algo de adhesión: ni siquiera gratitud por los beneficios que me dispensaba: al contrario. Sé que me favorece poco el declararlo, y que el vicio más feo es la ingratitud; pero sé también que no soy, ingrato por naturaleza, y a fin de justificarme o al menos de explicarme, dibujaré la silueta física y moral de mi tío Felipe, para lo cual necesito referir varios antecedentes, que algunos tienen sus visos de secreto de familia.

Mi nombre de pila es Salustio; mis dos apellidos paternos, Meléndez Ramos; los maternos, Unceta Cardoso. El Unceta dice a las claras que el padre de mi madre fue vascón, guipuzcoano por más señas; y el Cardoso... En el Cardoso está el intríngulis. Parece que estos Cardosos de Marín —yo nací en Pontevedra, y la familia de mi madre, en el puertecito de Marín residía— eran rama desgajada del tronco portugués de Cardozo Pereira, tronco israelita si los hay. ¿Cómo llegó a mí noticia del rumor de que los progenitores de mi abuelita materna eran judíos? ¡Vaya usted a averiguar quién entera a los niños de ciertas cosas! Un día, teniendo yo nueve o diez años, no pude contenerme, y pregunté a mi madre: «Mamá, ¿es cierto que somos de casta de judíos?». Ella, echando lumbres por las pupilas, alzó la mano y me arreó un soplamocos, exclamando: «Negro de ti como vuelvas a decir eso. Te estampo contra la pared». La impresión que me quedó del correctivo fue que ser de casta de judíos era mancha y baldón; y dos o tres años más adelante, como uno de mis condiscípulos en el Instituto de Pontevedra me lo echase en cara gritando: «Cardoso, Cardoso, judío tramposo», agarré la pizarra que llevaba debajo del brazo y se la rompí en la pelona.

Puedo asegurar que ignoro cuándo se produjo en mí lo que llaman crisis religiosa, o sea ese período en que los muchachos examinan sus creencias, las pasan por tamiz, y al fin las arrojan, sintiendo el dolor de la pérdida de la fe como si les arrancasen una muela cordal. Careo que para mí no existió tal transición, ni tales agonías de la duda, ni tales remordimientos y nostalgias al contemplar una iglesia gótica: fui incrédulo por naturaleza y entré ya que no en el ateísmo, al menos en la indiferencia, cual en terreno propio. No me «pervirtió» la lectura de ningún libro en especial, ni la conversación de una persona dada «de malas ideas»; nadie «me abrió los ojos»; imagino que ya los traje abiertos a este mundo. Así como a muchos jóvenes les sería imposible especificar de qué manera y en qué circunstancias perdieron la inocencia del espíritu en materias sexuales, lo es para mí fijar el punto crítico en que mi fe empezó a tambalearse, supuesto que no recuerdo haberla tenido nunca muy vivaz y sólida. Creo que nací racionalista.

Pues aquí entra lo raro: con ser esto verdad, el insulto de «judío tramposo» me quedó siempre fijo en el alma, a manera de envenenado hierro de flecha salvaje. Nunca se atrevieron a repetirlo delante de mí mis compañeros de aula; yo, sin embargo, ni un día lo olvidé. Hallándome próximo a terminar el bachillerato, y siendo va espigado y talludito, contraje amistad con un don Wenceslao Viñal, ente estrafalario, pero sabidor, algo ratón de biblioteca, erudito en menudencias estrambóticas, y muy al corriente de mil cosas raras de arqueología, epigrafía e historiografía gallegas. Este tal me prestaba libros viejos, y a veces me sacaba a pasear por las inmediaciones de Pontevedra, a caza de vistas pintorescas y edificios ruinosos. Yo, a fuer de chico aplicado, le crucificaba a preguntas. Una tarde se me puso en la cabeza que Viñal podía sacarme de dudas acerca de la cuestión hebraica, y armándome de resolución, le dije:

—Oiga, don Wenceslao, ¿es cierto que en Marín hay familias que descienden de judíos, y una de ellas los Cardosos?

—Sí tal —contestó apaciblemente el bibliómano, que ni percibió el afán con que yo preguntaba—. Son familias de origen portugués. Es tan cierto, que en Marín les tienen mucha tirria: dicen que no han abjurado, que aún siguen el rito mosaico, que se mudan los sábados en vez de los domingos, y que no comen un pedazo de tocino ni por una onza.

—¿Y usted cree eso?

—Para mí son paparruchas y cuentos de viejas: digo, lo de seguir ahora cumpliendo el rito mosaico. Lo de venir de casta de judíos sí que no puede negarse. Hay más: si tengo tiempo, aún he de rebuscar en unos papelotes antiguos que yo me sé, y vamos a desenterrar a un Juan Manuel Cardoso Muiño, natural de Marín, a quien la Inquisición de Santiago administró unas vueltas de mancuerda y algunos cientos de azotes por judaizante. Era además «leproso y gafo». Ya ves tú si estoy en pormenores, rapaz. Yo revolveré...

—No, no, no hace falta. Si era solo así... por saber. Una curiosidad tonta. No se moleste, don Wenceslao.

Por espacio de un mes temí que el condenado revolviese en efecto, no fuera que le entrase gana de enviar a algún periodiquito pontevedrés mi comunicado extravagante, de los que ponía cada dos años, siempre que imaginaba haber descubierto algún dato inédito y precioso, capaz de servir de clave historial al antiguo reino de Galicia. Evité cuidadosamente refrescar la conversación de los judaizantes de Marín, y este exceso de precaución demuestra que no acababa yo de conformarme con la azotaina de Juan Manuel Cardoso Muiño. Más adelante, cuando ya hube de dejar a Pontevedra por Madrid, con objeto de empezar los estudios preparatorios al ingreso en la Escuela de Caminos, me acordé a menudo de la «mancha» y traté de considerarla con un criterio sensato y actual. Me parecía ridículo atribuir importancia a lo que en nuestro presente estado social carece de ella. A la luz del buen sentido y de la filosofía histórica, los judíos son, en efecto, un pueblo de noble origen, que nos ha dado «la concepción religiosa»: concepción a la cual, tomándola como alta elaboración de la mente o arranque sublime del sentimiento humano, atribuía yo gran importancia. Teniendo en cuenta otro dato, el de la consideración social, tampoco me era lícito ya despreciar a los hebreos. El estigma de la Edad Media se ha borrado de tal modo, que los ricos capitalistas judíos se enlazan hoy con lo más linajudo de la aristocracia francesa, y dan lucidas fiestas y convites, a que concurre la española. Si dejando aparte estas consideraciones externas, me fijaba en otras de mayor elevación y profundidad, acordábame de aquel excelso pensador Baruch o Benito Espinosa, que al fin era de estirpe judía, lo mismo que el poeta Heine y el músico Meyerbeer... En suma, yo me repetía a mí mismo que no hay causa alguna para que el descender de judíos me escociese tanto, a no ser la sinrazón de una repugnancia instintiva, hija de preocupaciones heredita-rias emocionales. No cabía duda: las gotas de sangre de cristiano viejo que giraban por mis venas, eran las que se estremecían de horror al tener que mezclarse con otras de sangre israelita. Extraña cosa, pensaba yo, que lo más íntimo de nuestro ser resista a nuestra voluntad y a nuestro raciocinio, y que exista en nosotros, a despecho de nosotros mismos, un fondo autóno-mo y rebelde, en el cual no influye nuestra propia convicción, sino la de las generaciones pasadas.

Y aquí vuelve a salir mi tío Felipe. No sé si he dicho que era hermano de mi madre, poco más joven que ella; cuando empieza este relato, frisaría en los cuarenta y dos o cuarenta y tres. Pasaba por un «buen mozo» tal vez por ser alto, apersonado, tirando a grueso y con abundantes cabos de pelo y barba. Pero el caso es que, desde el primer golpe de vista, mi tío ofrecía patentes los rasgos todos de la rara hebraica. No se parecía ciertamente a las imágenes de Cristo, sino a otro tipo semítico, el de los judíos carnales, el que en los cuadros y esculturas que representan escenas de la Pasión corresponde a los escribas, fariseos y doctores de la ley. La primera vez que visité el Museo del Prado y por instinto comprendí su magnificencia, me ad-miró ver tanta cara semejante a la del tío Felipe. Sobre todo en los lienzos de Rubens, en aquellos judiazos rechonchos, sanguíneos, de corsa nariz, de la-bios glotones y sensuales, de mirada suspicaz y dura, de perfil emparentado con el del ave de rapiña. Algunos, exagerados por el craso pincel del insigne artista flamenco, eran caricaturas de mi tío, pero caricaturas muy fieles. La barba rojiza, el pelo crespo, acababan de hacer de mi tío un sayón de los

Pasos. Y para mí era evidente: la cara de deicida del hermano de mi madre fue lo que me infundió desde la niñez aquella repulsión airada, fría, invencible, cual la que inspira el reptil que ningún daño nos infiere: repulsión que no pudieron desarraigar ni mis ideas racionalistas, ni mi positivismo científico, ni la persuasión de que tan aborrecido sujeto me protegía y amparaba.

«Estas son —calculaba yo— jugarretas del arte. De quinientos años acá se dedican los pintores a reunir en media docena de fisonomías la expresión de la codicia, la avaricia, la gula, la crueldad, la hipocresía y el egoísmo, y así han conseguido hacer el tipo judaico tan repugnante. Bien dice Luis. La tradición, ese cemento pegajoso y adherente, ese moho que se nos cría en el alma, es más fuerte que la cultura y que el progreso. En vez de pensar, sentimos, y ni aún, pues son los muertos quienes sienten por nosotros.»

Había momentos en que por no reconocerme reo de aprensión y puerilidad, buscaba otros fundamentos a la antipatía que me inspiraba mi tío Felipe. Yo soy muy devoto de la limpieza, y mi tío, sin ser descuidado en el traje, no se pasaba de limpio en su persona: a veces sus uñas no vestían de claro, y sus dientes lucían un viso verdoso. También fomentaba mi mala voluntad contra el tío el notar que sin mérito alguno, sin condiciones morales ni intelectuales, había sabido granjearse posición. No afirmaré que fuese un malvado ni un tonto de capirote, sino más bien uno de esos productos híbridos de las regiones intermediarias, que no se sabe nunca que sean listos ni necios, buenos ni bribones, aunque se inclinan marcadamente a lo último. Hongo nacido entre la podredumbre de nuestra política, criado a la sombra manzanillesca del chanchullo electoral, mis ideas radicales y puritanas le sentenciaban, con toda la inflexibilidad propia de los pocos años, a las gemonías del desprecio. Aunque no le veía tan encumbrado como a otros caciques conterráneos suyos, su injustificada prosperidad bastaba para herir en mí la fibra de la indignación, muy tensa y elástica en la juventud.

Mi tío poseía, cuando se licenció de abogado, un patrimonio compuesto de fincas rústicas, tierras y alguna casita en Pontevedra: patrimonio que no llegaría a producir mil duros anuales al cinco por ciento de interés. Como esta fortunita apareció, a la vuelta de pocos años, más que duplicada en acciones del Banco y cuatros exteriores, explíquelo quien entienda milagros tan comunes que ya no sorprenden a nadie. Mi tío no ejerció su profesión: la abogacía fue para él lo que suele ser para los españoles mezclados en política: una aptitud, un pasaporte. Politiqueó cautamente, nadando y guardando la ropa. Salió diputado provincial con frecuencia, y picó a su sabor en el cesto de brevas de las comisiones. A fin de no derrochar cuartos en batallas electorales, se contentó con venir a las Cortes una vez sola, en una de esas vacantes que ocurren en vísperas de elecciones generales, y que suelen beneficiar los periodistas. Mi tío, con el favor de don Vicente Sotopeña, árbitro omnipotente de Galicia, la apandó, saliendo sin gastarse una peseta, jurando el cargo el día antes de cerrarse la legislatura, y dejando camino para poder llegar a gobernador, y más adelante... ¿quién sabe? a consejero de Estado o de Instrucción pública. Gobernador lo fue bien pronto, unas veces interino, otras en propiedad. De tiempo en tiempo le cayó alguna ganguita misteriosa, y en Pontevedra se habló bastante de la expropiación de ciertos ranchos de mi tío, pagados por el Ayuntamiento a fabuloso precio. No es hacedero ni entretenido reseñar estos lances. Mi tío se contaba en el número de los políticos cucos de tercera fila, que donde meten la cuchara sacan tajada de carne. Su método consistía en restar gastos y sumar provechos, sin desdeñar los más insignificantes. Decíase de él, en son de elogio, que era muy largo. A mí la tal longitud me parecía otro síntoma de hebraísmo, apreciación en la que acaso pequé de injusto, porque muchos caciques de mi tierra, de purísima raza ariana, no le van en zaga al tío Felipe.

A veces me entraban escrúpulos de lo mal que quería a mi pariente más próximo. Me acusaba de hombre sin delicadeza, pues devolvía inquina por favores. Si mi tío era aprovechado y tacaño, mayor mérito contraía al sufragar buena parte de los gastos de mi carrera. Y no podía negarse que, a su modo, mi tío me manifestaba afecto. Cuando estaba en Madrid solía darme alguna peseteja para el teatro; dos o tres veces en la temporada me llevaba a almorzar o a comer en Fornos; y jamás se mostraba severo conmigo. Me trataba como a chico alegre y sin importancia; me preguntaba por mis trapicheos y líos, por las travesuras de mis compañeros de hospedaje, por las vecinas de enfrente que eran graciosas; y hasta se metía en honduras peores, echándola de doctor y maestro en todas las asignaturas del amor licencioso y venal. De sobremesa, cuando el vino, el café y los licores le arrebataban la sangre a las mejillas, ostentaba su ciencia tratando puntos intrincados que a veces me sublevaban el estómago. No me atrevía a protestar, porque los hombres nos avergonzamos de no parecer corrompidos; pero la verdad es que mi paladar juvenil rechazaba aquella pimienta rabiosa. También sucedía que, de noche, las torpes imágenes evocadas por la conversación me importunaban y me ponían febril, hasta que con la jarra llena de agua fría, me propinaba varias duchas por el cogote y espinazo abajo. En invierno como en estío, este procedimiento despejaba mi cerebro y me permitía enfrascarme en los libros otra vez. El odio, o por mejor decir la antipatía, es un resorte tan poderoso como el amor, y yo veía en el término de mi carrera el fin de un protectorado para mí insufrible. Ser dueño de mí mismo, ganar con qué vivir, pagar lo que mi tío me hubiese dado, he aquí mi sueño, y a sus alas me agarraba para trepar por la árida pendiente de la Maquinaria, la Construcción y la Topografía.

Ahora que dejo retratado al tío Felipe, añadiré que cuando va nos vimos instalados en el oscuro saloncito bajo de Fornos —ante la mesa donde el mozo iba depositando una concha de rábanos, otra de bocaditos de manteca, bollos de Viena, y luego los platos del almuerzo—, y después de algunas conversaciones indiferentes me dijo dándome una palmadita en el hombro, pero sin mirarme a la cara:

—Adivina lo que tengo que participarte.

—¿Cómo quiere usted que adivine?

—Pues no sé para qué os sirve tanto estudiar —observó con pretensiones festivas.

Me encogí de hombros, y el tío añadió:

—Es que me caso.

IV

Sin duda para preparar esta noticia, había pedido que nos sirviesen una garrafa de Champagne helado, golosina siempre deliciosa, y más cuando empezaba a apretar el calor y a requemarse la atmósfera madrileña. Tenía yo en la mano la ligera copa colmada de aquel fresco oro líquido, y al oír la nueva, sin ser poderoso a reprimirme, hice un movimiento de sorpresa y derramé una cascadita de la bebida sobre el mantel.

Mi tío evitaba fijar sus ojos en los míos, que dilatados por la sorpresa se clavaban en su rostro. Fingió recoger migas de pan y afianzar la servilleta en el ojal del chaleco, pero me observaba de soslayo. Viendo que yo no decía palabra, resolviose a añadir, con forzadas y falsas entonaciones en el acento:

—Celebraré que mi boda merezca la aprobación de tu madre y la tuya.

Yo entretanto hacía calendarios. «Vamos, ya entiendo. Este tenía algún tapadijo... Habrá enviudado la prójima o querrán legitimar la prole... A los solterones les pasa siempre lo mismo...» Comprendiendo que debía decir algo, pregunté en voz insegura:

—¿Mamá lo sabe?

—Ayer se lo escribí.

—¿Supongo que le dirá usted el nombre de la novia?

—Si justamente la conocí en la Ullosa, en casa de tu madre. Allí mismo la vi y la traté...

Roto el hielo, charlaba mi tío deprisa, como quien desea vaciar el saco pronto.

—Imposible me parece que tú no te hagas cargo. El verano pasado tu madre y ella intimaron mucho. Carmiña Aldao, ¿no sabes? Carmiña Aldao... de Pontevedra.

—No la conozco. Pero... el nombre me suena. Mi madre me escribiría algo, tal vez... No sé. Como el verano pasado no tuve yo vacaciones...

—Es verdad. Pues es la chica de Aldao, hija del dueño de aquella finca bonita que se llama el Teixo.

—¿Es única esa señorita? —pregunté algo incisivamente, pensando que tal ver el interés era el móvil de las bodas.

—Única no... Tiene un hermano, establecido en Pontevedra también.

—Nada; pues no la conozco —repetí—. Pero, en fin, si se casa con usted, ya tendré tiempo de tratarla bastante.

—¡Vaya!, naturalmente. Como que te llevo a la boda, muchacho. Te vienes conmigo así que te examines. La cosa no será hasta el día del Carmen, y de aquí a esa fecha aún tengo yo que buscar casa y amueblarla... conque ya ves.

—¡Ah! ¿Se establecen ustedes en Madrid?

—Sí... Es gusto de la novia. Te llevo, ya lo sabes. Nos casaremos en el Teixo. Mira, yo no sé cómo lo tomará tu madre... Ella tiene el genio algo... Si escribes dile que porque me case, no pienso darle de codo. Hasta que acabes tus estudios...

—Me parece que no le pregunto a usted semejante cosa —exclamé; y por segunda vez tembló en mi mano la copa de Champagne.

—Pues te lo digo yo; no atufarse, que no hay de qué. Se me figura que soy dueño de mis acciones, y que al casarme a nadie ofendo.

—¿Quién habla de ofensas? —exclamé sintiéndome palidecer a impulsos de mi acceso de aborrecimiento súbito, que me impulsaba a arrojarme sobre aquel hombre.

—Como lo tomas así...

—No lo tomo así ni asado. Usted es muy dueño de obrar como guste, y si algo hace usted en pro mía, no será porque yo se lo haya suplicado. El dinero que con mi carrera está usted gastando, lo reembolsaré, o poco he de vivir.

A pesar de la animación de la bebida y de la comida, que siempre le arrebataba el cutis, mi tío se demudó también. Sus labios se contrajeron y sus pupilas destellaron una chispa de cólera.

—Si no fueses un chiquilicuatro, me daban ganas de responderte una barbaridad. Lo que se hereda no se hurta. Sales bien a tu padre; más desagradecido y descastado que todas las cosas.

—Hágame usted el favor de no sacar a colación a mi padre, que no tiene nada que ver en este asunto —repliqué comprendiendo que si no enfrenaba mucho los movimientos del alma, era capaz de coger la botella y estrellársela en la frente.

—No saco a tu padre sino para decir que uno siempre tratando de seros útil... y vosotros siempre bufando y arañando. En fin, yo no había de casarme sin participártelo; ya veo que te ha sabido a rejalgar... hijo, paciencia. No era cosa de consultarte antes... La cuenta, mozo —añadió hiriendo con el cuchillo la copa.

Habíamos alzado el diapasón de la voz, y en las mesas próximas algunos rezagados volvían la cabeza y se fijaban en nosotros. Me entró vergüenza, y ceñudo e interiormente trémulo, sacudí las migajas de mi solapa e hice ademán de levantarme. Mi bochorno tenía un fundamento actual, inmediato: el ver a mi tío, que sobre el papelito que le presentaba en un plato el mozo, depositaba un billete de a cincuenta. Aquel billete desearía yo, a costa de mi sangre, haberlo sacado del bolsillo. Respiré algo (pueril circunstancia) cuando vi que del billete devolvieron bastante plata, más de cinco duros. Con la uña del índice, mi tío empujó hacia el mozo dos realillos, y levantándose, descolgó su sombrero de la percha, diciendo secamente: «Vamos». Pero al salir a la luz del Sol desde la lobreguez de los comedores de Fornos, se dominó, volvió sobre sí, y con aquella ductilidad que le caracterizaba en sus negocios y enredos políticos, me alargó la mano diciendo casi en broma:

—Cuando estés de mejor temple ve por casa... Tengo ganas de enseñarte el retrato de tu futura tía.

Me recogí a mi posada de un humor perro, descontento de mí mismo, y sin poder decantar bien las causas de mi desazón interna. Toda la tema que profesaba al tío Felipe no era suficiente para impedirme reconocer que, en aquella ocasión, mío era el mal porte. Lo confirmó Luis, cuando a la noche, habiéndome preguntado la causa de andar tan mohíno, se la descubrí. «Pues chacho, ahí quien procedió incorrectamente fuiste tú. El tío estuvo correctísimo. Que algún día se había de casar, ya debieras tenértelo tragado...»

—¡Si a mí no me importa un pepino que se case! —exclamé con ira—. ¿Qué me va ni me viene en eso?

—¡Algo te va y te viene, corcho! —replicó el sesudo orensano—. Algo le va y le viene a todo sobrino en que se case su tío carnal, único hermano de su madre... Tanto te va y te viene, que te joroba el bodorrio. Pero como a la fuerza ahorcan, si al tío le ha dado por casarse, hay que poner a mal tiempo buena cara, sacar partido de la situación. Transige, rapaz, que gobernar es transigir.

Déjame de oportunismos matrimoniales.

—No hay capítulo en que mejor caiga el oportunismo que en este de bodas. ¿Que tu tío se casa? Pues a beneficiar las circunstancias; a congraciarse con la títa... Cuanto más que es una chica muy simpática.

—¿Tú la has visto?

—Verla no. Pero estando en Villagarcía el año pasado, cuando tomé los baños de mar, me hablaron de ella unas pollas de Cambados. Me acuerdo perfectamente.

—¿Y qué te dijeron?

—¿Qué sé yo? Cosas de chicas. Que era guapa, y, que tocaba el piano muy bien, y que a su padre lo iban a hacer marqués, y así y andando. Parece que la muchacha no está en la calle. Creo que el papá tiene buenas rentas.

—Y ¿cómo carga con mi tío una mujer así, rica, guapa, joven? Se necesita valor.

—Eres loco. ¿Qué tiene de despreciable tu tío? Porque no le haya dado por estudiar, no deja de ser listo y de manejárselas muy bien. Es mozo de cuenta: influye en la provincia punto menos que don Vicente, y se ha labrado un porvenir político. Anda, no hagas el burro. Vete a la boda y congráciate con la títa. No te presentes quejoso, que te saldrá peor.

—¡Pero hombre... me llama la atención! El que te oyese y no conociese mi carácter pensaría que yo estaba forjándome ilusiones con la herencia del tío, y que ahora he sufrido un desencanto al ver que se me escapa!...

—¡No se trata de eso, corcho! —arguyó mi amigo formalizándose un tanto—: no te digo que seas capaz de hacer ninguna porquería por los monises, ni que anduvieses lampando tras ellos. Lo que te digo es que mientras no acabes la carrera, no puedes prescindir de tu tío; y como me figuro que no querrás quedarte en la estacada...

Así que trascurrieron algunas horas empecé a ver claramente que mi amigo tenía razón, y que por su boca hablaba el sentido práctico. Y como nuestros errores se nos patentizan más cuando los cometen y sostienen otras personas, a quienes consideramos inferiores en capacidad y cultura, yo entendí mejor la conveniencia de transigir después de haber leído una epístola que a la mañana siguiente me trajo el cartero. Conocí al punto la letra del sobre, y al tomarlo en las manos comprendí por su volumen que venía preñado de revelaciones y quejas furiosas, de esas que brotan de la pluma o del labio en momentos críticos, al choque de inesperados sucesos. Para imponerme bien del contenido de la carta, me fui en busca de la paz y sosiego de un cafetucho próximo a mi vivienda, y enteramente desierto a tales horas. El mozo, después del consabido «¿qué va a ser?», me trajo una chica alemana y me dejó dueño de ella. Bebí el primer trago, con su espumita, y saboreando el grato amargor del fermentado lúpulo, rompí el sobre y devoré los tres pliegos de letra española, clara y menuda, con algunos deslices ortográficos de menor cuantía, en especial redobles de erres, indicio de la vehemencia del carácter, y sin asomo de puntuación ni división de períodos con párrafo aparte o mayúscula, lo cual, aunque parezca raro, presta a este género de cartas iracundas y femeniles cierta enérgica monotonía y rapidez que duplica su efecto. Lo que yo me figuraba: una diatriba feroz contra la boda del tío Felipe, entreverada de datos históricos, algunos enteramente nuevos para mí. Puedo reproducir aquí varios fragmentos, sin añadir punto ni coma, ni desenredar la gramática, ni quitar repeticiones:

«Ya ves Salustiño tantos trabajos como pasa una pobre madre y sin más esperanza que conseguir verte bien colocado y que seas alguien hoy o mañana y la esperanza principal lo que pudiese dejarte el fantasmón de tu tío, que buena obligación tenía de hacerlo si tuviese conciencia lo peor de todo que tendrá chiquillos y ya tú te quedas abriendo la boca sin lo tuyo aunque lo llanto lo tuvo no digo ningún disparate pues has de saber para tu gobierno que tu tío en las partijas de la legítima de mi papá que mi mamá no tenía sobre qué caerse muerta, pero papá dejó una herencia bien bonita. Y tu tío se la mamó casi toda y a mí me dejó casi por puertas yo no sé cómo lo envolvió ni cómo armó la ratonera que a mí me tocaron cuatro corroscos duros y él se comió la miga bien blanda, no sé cómo me dejó la Ullosa fue un milagro, él apañó las casas y solares de Pontevedra que luego hizo con el Ayuntamiento un buen guisado ahí se achinó valientes chanchulleros así que cuando murió tu padre que buenas desazones le dio Felipe porque era habilitado del clero y lo comprometió de mala manera, tú no acuerdas eso que eras pequeñito cuando murió tu padre que en gloria esté, pues yo entonces le dije con mucha dignidad Felipe una cosa es ser buena hermana y otra pedir limosna, yo hoy tengo un hijo y puede decirse ni pan que darle yo te hablo muy claro, voy a revisar las partijas aquí hubo engaño yo así no puedo vivir como voy a dar carrera al pequeño, y el va y me contesta muy foncho no te apures yo no te abandono carrera no ha de faltarle la mejorcita se le buscará dejate de pleitos que son la ruina de las casas y el engordar de la curia calla boba que para quien ha de ser lo que yo tenga al otro mundo no me lo he de llevar y casar no me caso cásese el demonio buey suelto bien se lame te puedo jurar que así dijo tu tío que yo no mudo ni una palabra».

Sin duda, al llegar aquí, la necesidad moral de los signos de puntuación se le impuso a mi madre con repentina fuerza, y para no hacer a medias las cosas plantó una carrera de puntos suspensivos y dos admiraciones reunidas.

. . . .

«¡¡Ay hijo quien fía de palabras de hombres sin religión y sin conciencia ahora sale con la pata de gallo de que se casa le entró de repente no sé qué vio en la chica de Aldao es bastante feíta y salud poca y de buenos principios no sé como andará en su casa ve bastante malos ejemplos su padre metido con la doncella que fue de su madre desde hace mil años y en la casa otras dos chiquillas no se sabe si hijas o sobrinas de la pindonga tanto que la chica dicen que carga con tu tío solo por salir de aquel infierno que la tratan a patadas que no le dan de comer pues no sé tu tío Felipe como la tratará de mala casta viene que sacó la estampa de los judíos en la procesión del Jueves Santo a mí me da vergüenza ser hermana suya ya por algo lo señaló Dios que también lo ha de castigar acuérdate de lo que digo que yo me entiendo Dios es muy justo y quieren que vayas en las vacaciones a ver la preciosidad del casorio bonito mamarracho estará si no me tienta el diablo a traer a casa la tal Carmiña Aldao el otro verano no sucede esta trapisonda lo que es yo brillaré por mi ausencia y contigo veremos como se portan si te deja plantado hornos de revisar la partijita que habrá sapos y culebras de mí no se burla tu tío soy capaz de pleitear hasta soltar la camisa».

Entre trago y trago de cerveza fui apurando la carta. Su lectura obró en mí efectos contrarios a los que se proponía mi madre. Los manejos del tío para mermar mi herencia, aquello de la partijita, en vez de causarme justificada indignación, me sosegaron el espíritu. Me alegré de tener contra el tío motivos de queja y no de gratitud, y enterado ya de su mal porte, pareciome que el latido de mi mortal antipatía se aplacaba. Al menos, ya no tendría remordimientos por detestarle. Y esto me servía de alivio.

Sin dilación escribí a mi madre una carta prudentísima; la quinta esencia de la sensatez. Recomendábale moderación, insistiendo en lo inverosímil de que mi tío, habiéndonos ayudado hasta entonces, nos dejase a última hora entregados a nuestras propias fuerzas, e indicaba cuán vana e inútil me parecía toda clase de reivindicaciones y de litigios. Los hechos consumados debían respetarse: no conducía a nada pegar coces contra el aguijón. Era una insensatez figurarse que un hombre, en la fuerza de la edad, robusto y bien conservado, se mantendría soltero por cumplirnos el antojo. Unas palabras al aire no podían obligar a celibato perpetuo. Respecto a asistir o no asistir a la ceremonia... ya veríamos. Entretanto, serenidad y paciencia.

Leí la carta a Portal, que la aprobó con encomiásticas frases. «Ese es el camino, transigir, contemporizar, sortear los escollos... Así me gusta, que sigas mi sistema, y que te conformes, al menos exteriormente, que el interior nadie lo ve...»

—¡Si es que por dentro o por fuera no me importa que mi tío se case, rayos! ¿Cómo se dicen las cosas? —exclamé lastimado. Portal meneó la cabeza, y yo añadí—: Mamá asegura que la novia de mi tío es fea.

—¡Sabe Dios! Puede que sí... y más vale. En cambio el nombre es bien bonito: ¡Carmiña Aldao! ¿no te gusta?

—El nombre... En efecto.

—Debías captarte la novia de tu tío —aconsejó Portal después de unos minutos de silencio—. Captártela, sí señor: es la gran idea. Que te quiera a ti, chacho... no lo digo por mal... como a un hermano... o como a un hijo... o como lo que te dé la gana. En fin, arréglate para que te quiera. Pero hazlo con disimulo, con habilidad, con buenos modos, sin ruido ni escándalo. El tío tiene ya los espolones duros. La edad de ella encaja mejor con la tuya... Pero ojo, ¡rapaz!, tú eres así un poco a lo joven Werllzer... Cuidadito, no tengamos drama de familia.

V

Saltaré todos los incidentes de fin de curso y exámenes, pues al lector que más se interese por mis futuros destinos le bastará saber que aquel año aprobé mis asignaturas: las tenía corrientes como una seda. El zamorano logró la misma suerte. No así Portal y Trinito, que en alguna fueron perdigones. El cubano lo tomó con la filosofía de su indolencia; Portal en cambio se arrancaba los pelos, echando la culpa a la ojeriza del profesor, a las recomendaciones e influencias manejadas por otros alumnos, y cuyo resultado práctico era jorobarle a él. «Me han partido el eje, me han triturado», repetía el infeliz, totalmente fuera de quicio, olvidado de aquella su benigna teoría de los acomodamientos, las transacciones, las conformidades y las esperas. Su calma en el terreno ideológico se volvía furiosa impaciencia en el de la acción. ¡Tan seguro estaba él de llevarse de calle aquel demontre de año!

Dejéle dado a Barrabás, y me dirigí a ver a mi tío con el fin de participarle la buena nueva. Llenaba mi pecho cierta satisfacción a la vez dulce y sañuda: parecíame que cada paso adelante era una victoria sobre el detestable protectorado, era romper un eslabón de la cadenita de oro que me sujetaba. Vivía mi tío en el Hotel de Embajadores pero el portero me contestó con tono de persona bien enterada: «A estas horas suele estar en la casa nueva... Lo que es aquí para bien poco. ¿No sabe el señorito? La casa que tiene alquilada... solo que no duerme en ella todavía... ¿Las señas? Pues Claudio Coello, número...».

Bajé hasta la Puerta del Sol, salté al tranvía del barrio, y descendí casi a la puerta del nuevo domicilio. Subí al piso, un segundo que tenía primero y principal, y era en consecuencia un tercero pintiparado. No necesité tirar de la campanilla, pues la puerta estaba de par en par, y en el recibimiento un hombre, sentado a lo moro, cosía con inmenso agujón tiras de fina estera de cordalillo. A mi tío, que se paseaba en una Balita bastante espaciosa y muy desmantelada de muebles, le sorprendió gratamente mi presencia.

—¡Hola!... ¡farandulero! ¡Tú por aquí! Entra, pasa, que lo verás todo.

—Me han dicho en el hotel las señas... Vengo a participarle...

—Pero entra, con mil pares, quiero que des un vistazo... A ver, ¿qué te parece de la casas? ¿Eh? Tiene bastante comodidad para el precio. Como la calle no es muy céntrica... La sala está todavía por arreglar; no han traído el entredós, ni el espejo grande, ni las colgaduras. Con los tapiceros se pierde la paciencia. El gabinete y la alcoba ya están más adelantados. Pasa, pasa...

Pasé, y miré distraídamente el gabinete, que era archivulgar, con su chimenea de mármol blanco, sus butacas de borra de seda recercadas de felpa más oscura, su escritorio chiquito, y su tocador, muy teatral, vestido de imitación de encaje y engalanado con lazos del tono de las cortinas. La angosta Luna que coronaba la chimenea, no tenía marco dorado, sino de la misma felpa que guarnecía butacas y sofá. El tío quiso que yo advirtiese tanta elegancia: como los tacaños todos, cuando se decidía a un gasto extraordinario, gustaba de que lo notase la gente. «Ya ves el espejito...», me decía. «Ahora se forran así... Caprichos de la moda. Y no creas que cuestan más barato, ¡quia!... tres veces más caro, hijo. Ese hueco que queda frente a la ventana es para el piano... La novia es una profesora.» Del gabinete pasamos al sancta sanctorum, al nido, o sea la alcoba, que era de columnas, espaciosa, estucada, y en su centro el anchísimo tálamo, de madera, muy bajito y de tallado copete. «Faltan el sommier y el colchón», susurró mi tío con sonrisa de complacencia. «Figúrate que al tapicero se le había metido en la cabeza hacerlos de raso magnífico. Yo le dije que damasco de algodón era bastante. Si no tengo la precaución de poner la casa, a tu futura tía, que no conoce lo que es Madrid, la envuelven, la explotan, la saquean... Mira las mesas de noche: ¿creerás que me costaron veinticinco pesos las dos? Se ha desarrollado el lujo de una manera... Ven, ven a ver mi despacho...»

Por una puerta de escape salimos al pasillo, y registramos el despacho, amueblado ya del todo, con su mesa ministro y su gran biblioteca, al parecer avergonzada de no encerrar más que macizos libros de administración y media docena de noveluchas tontas y obscenas, todas desencuadernadas y llenas de mugre. Mi tío abrió las encristaladas puertas, y cogiendo a dos manos el derrotado grupo en que se mezclaban Paul de Kock, Amancio Peratoner y el chino Da-gar-li-kao, me lo presentó diciéndome con risita intencionada: «Te lo regalo, chico... No te perviertas, ¿eh? entretenerse un rato y nada más... Los casados no pueden conservar en casa este género de contrabando... Envía por ellos, ¿o te los quieres llevar ahora?». Contesté que no tenía tiempo de profundizar tan graves autores, ni a decir verdad me divertían.

Reconocido el despacho, hubo que visitar el comedor, ya muy armado de aparadores y lámpara, y hasta otras oficinas más humildes, como cocina y despensa. Detrás del comedor había un cuartito alegre, con ventana que se abría sobre el horizonte despejado de unos solares y desmontes. «Este nos sobrará; hasta podremos tener un huésped», indicó mi tío.

Enterados de la mansión nupcial, recalamos en el despacho, y mi tío sacó un puro y me ofreció otro, encareciendo el mérito de la regalía; mas como yo no fumo, se lo restituí para que pudiese, según dijo él trismo, «cumplir con otra persona». Al aspirar la primera chupada, acerté a comunicarle la buena noticia del año aprobado. Su fisonomía se iluminó, revelando júbilo sincero. Dos o tres veces le vi llevarse la mano al chaleco, por una especie de movimiento instintivo, mientras murmuraba con la voz atascada por la acción de sostener el puro entre los dientes: «Bien, hombre, bien... Conque otro añito, otro... Ya solo faltan dos... Alsa, pilili... a ese paso pronto vas a echar puentes sobre el Lérez. Deja, que ya te empujaremos en las obras de la Diputación... Hay que saber tocar los registros. Tú entenderás de problemas de álgebra, y mucha ecuación por aquí y mucho logaritmo por allá; pero yo... yo conozco el teclado». Cuando me levantaba para irme, mi tío se determinó, introdujo la mano no en el chaleco, sino en el bolsillo interior del gabán, y sacó una carterita que abrió sin decir palabra, de la cual extrajo un billete todo bisunto. ¡Cuántas veces notara yo en mi tío este rápido combate entre la cicatería y el instinto inteligente que le dictaba cómo y cuándo era forzoso, reproductivo o extremadamente agradable gastar! Nunca le vi desprenderse de una peseta sin percibir el esfuerzo y la angustia interior del ánimo, despedida dolorosa y llena de nostalgia que daba a sus monises. Era evidente que la razón le imponía el gasto, pero siempre riñendo batallas con el temperamento. Para observadores superficiales, si mi tío no pasaba por espléndido, tampoco era ni mucho menos el tipo del avaro; para mí, que le estudiaba con la perspicacia cruel de la repulsión, la avaricia asomaba su pico de lechuza, pero recatándose, larvada y latente, en el estado a que reduce la civilización a muchas pasiones o monomanías que en otras épocas de mayor iniciativa individual alcanzaban su trágica plenitud. Mi tío era un avaro frustrado; la reflexión, el poder del medio ambiente y los apetitos de bienestar y goce que ha desarrollado la sociedad moderna contrarrestaban su inclinación, porque actualmente el avaro a la antigua se pondría en ridículo y no podría alternar con nadie. Pero bajo el hombre aprovechado de hoy, que sabe adquirir para gozar, yo veía al hebreo de la Edad Media, de ávidos y ganchudos dedos. Siempre que aflojaba alguna suma, las mejillas de mi tío palidecían un poco, su boca se hundía, y sus ojos vagaban por el suelo, como si quisiese ocultar la expresión de la mirada.

En fin, él me alargó el billete. «Para que vayas a mi boda. Ahora hay unos viajecitos baratos de ida y vuelta ¿te haces cargo? Sí, se toma por dos meses, o no sé por cuánto tiempo, y resulta arregladísimo. Por supuesto, que tú viajarás en segunda: en tercera se va muy mal. Ya puedes escribirle a tu madre el día que piensas salir. Cuanto más pronto mejor, porque respiras más aire de campo, y te ahorras posada. Tu madre está en la Ullosa. Desde allí a Pontevedra y al Teixo... un paso. Algunos días antes de la boda... que no sé si te lo dije: será el día del Carmen. En el Teixo hay habitación para todo el mundo; es una torre antigua, recompuesta y arreglada hace poco. No estorbarás. Anima a tu madre: temo que con sus cosas sea capaz de no ir.»

Caía la tarde y el esterero daba por terminada su faena; así es que mi tío, embolsando el llavín, salió conmigo de la casa. Echamos calle abajo y nos metimos en el tranvía descendente. Llegados a la Puerta del Sol, en vez de dirigirnos al hotel, subimos a otro tranvía, el que conduce a la calle Ancha de San Bernardo. «Vente conmigo», me dijo el hebreo. «Ya que estás en vacaciones, ¡pch! no te perjudicará la distracción. ¡Vas a ver género fino!»

Aunque ya me sospechaba lo que podía ser el género fino, no dejé de sorprenderme cuando una realísima moza nos abrió la puerta de un tercero, en la extraviada calle del Rubio. La hermosa hembra vestía bata de percal granate con flores rosa; calzaba chinelas; llevaba ese peinado de exageradas peteneras, sujetas con goma, que las mujeres del pueblo bajo de Madrid han desechado hoy para usar un retorcidillo puntiagudo. Admiré sin desinterés alguno su negrísimo pelo, sus gallardas formas, sus mejillas, en que una fresca palidez luchaba con los polvos de arroz, ordinarios y dados aprisa; y sus ojos de terciopelo, atrevidos, pero dulces por las buenas pestañas, claváronse en los míos, y me dijeron algo a que inmediatamente respondí con el propio lenguaje mudo. Detrás de este bello ejemplar del tipo madrileño, asomó la cabeza de una mocita más joven, menos guapa, desmedradilla, burlona, tan repeinada y empolvada como su hermana mayor. Mi tío entró con fueros de conquistador y amo. «A ver... inmediatamente... aquí todo el mundo... hoy os traigo un pollo... cuidadito cómo me lo obsequiáis.» Diciendo así guió por el pasillo de desencajados baldosines, a una salita estrecha, sin otro mobiliario más que un sofá y dos butacas resguardadas por camisones de percal, una consola de caoba, muy antigua, algunos cromos «de frailes», un veladorcito donde se destacaban varios frascos de gorra, platos desportillados, pinceles y tijeras; y por sillas, sofá, piso, consola y hasta creo que por el techo y las paredes, andaban esparcidos infinidad de retales de gro, raso y felpa, azules, amarillos, verdes, rosa, de todos los colores del arco iris, mezclados y revueltos con tiras de cartón, redondeles de lo mismo, recortes de papel dorado y plateado, esterillas y galones, cromos y estampas, florecitas y otros mil accesorios pertenecientes a la graciosa industria de cubrir y guarnecer cajas de dulces «para bodas y bautizos»: que este era el oficio oficial de aquellas barbianas.

Una mujer como de cincuenta años, ajada, sucia y de ojos muy tiernos, se ocupaba en decorar una especie de saquito de tafetán lila, pegándole en cada lado un ramo de azucenas y la cara de un ángel, que recortaba de una hoja de cromos, donde había por lo menos diez legiones celestiales. Saludó a mi tío con un «felices» bastante seco y continuó pegando ángeles y azucenas. Entonces mi tío, volviéndose hacia las muchachas que nos seguían, las agarró por la barbilla consecutivamente y me las presentó. «La señorita Belén... La señorita Cinta...» Después, acercándose al velador, exclamó en tono chancero: «Está tan ocupado esto... Qué barricada... A ver si lo desembarazáis un poco, chicas. Hay que festejar a mi sobrino». Entonces intervino la vieja, exclamando con acritud: «¡Eso, a perder la tarde! Cuando toquen a entregar la labor, le decimos al de la fábrica que hubo palique, ¿verdausté? Y de comer no hay aquí na, sino una pobreza de almejas con arroz». Los labios de mi tío sufrieron aquella contracción especial que precedía a un gasto; pero fue instantáneo el estremecimiento, y sacando del bolsillo del chaleco algo que abultaba más que un billete, pero que no debía valer tanto como el más chico, se lo puso en la mano a la mozuela, diciendo: «Cintita, tráete Jerez y pasteles... y también naranjas». El argumento fue convincente para la vieja. «Asnos, me largaré al otro cuarto con la música de pegar estos angelotes. Pa que desocupen el velador y estén ustés a gusto.»

Vinieron los pasteles y el vinillo; aparecieron algunos vasos desportillados y verdosos, traídos de las profundidades del antro de la cocina, y se animó bastante la escena. Belén descolgó una guitarra, y se cantó no sé qué, con esa ronquera flamenca que recuerda el arrullo de la paloma, y con el salero de su meridional belleza, luciendo el pie tentador y curvo apoyado sobre las barras de la silla. Cinta trajo una pandereta, y se la puso a guisa de calañés, sacudiendo la cabeza, riendo a borbotones y divirtiéndose en arrojarnos cáscaras de naranja: después desenterró de un cajón un viejo mantoncillo de Manila, con sus flecos y su bordado charro, y empezó a hacer contorsiones declarando que quería matar la culebra. Hubo olés, empujones, carreras, butacas volcadas y recortes de seda volando por los aires; después nos obligaron a nosotros a rascar la guitarra y a jalear, mientras bailaban las señoritas. Armose la juerga, y el jerez corría que era una bendición de Dios. No habiendo sacacorchos, mi tío rompió la botella contra la arista del velador de mármol, y como el licor desapareciese rápidamente, mandó a Cinta subir otra botella. «Se me han acabado los cuartos», alegó la muchacha. Mi tío frunció algún tanto el entrecejo. «Si te di cuatro duros...» Intervino la señorita Belén: «Galleguito, no hay que ser roñoso... Aquí estamos necesitando horror de cosas, y en la tienda no les da la gana de fiarnos por nuestra cara bonita... Cállese usted, cuentacominos, cicatero». Entre regaños y bromas, aflojó el pagano otros dos duritos, y no nos faltó con qué remojar el gaznate. La cara de mi tío echaba chispas; por cada poro de la piel diríase que asomaba una gota de sangre; su lengua, si no trabada del todo, al menos se revolvía con dificultad; en cambio sus miradas relucían más que nunca, y una expresión de beatitud, el regocijo de la materia, se acentuaba en sus facciones. Yo también advertía los efectos del licor, que con no ser muy auténtico, se subía a las narices, y entre esta excitación y otras muy naturales en la mocedad y en presencia de dos hembras —la una arrogante y la otra picante y salada, pero ambas capaces de volver tarumba a un ermitaño, cuanto más a un estudiante—, encontrábame fuera de quicio.

Sin embargo, no sería justo decir que me achispé. El innoble embrutecimiento por la bebida es un estado a que me había propuesto no llegar nunca. Muchas veces viera a Botello completamente beodo, tropezando aquí y acullá, ya caído en tierra como un cesto, ya alborotado, frenético, loco; y nunca olvidaba el espectáculo de aquella hermosa criatura convertida en bestia, diciendo absurdos o llorando como un becerro. Luis Portal, el hombre del justo medio en el epicureismo, solía decir: «En bromas, para sacar partido, hay que estar unas miajas alumbrado, pero borracho nunca: al contrario, debe conservarse la sangre fría, y divertirse a cuenta de los borrachines». Observé esta máxima, y pude mantenerme en el límite de la animación sin embriaguez; hice disparates comprendiendo que los hacía, y saboreando el hacerlos.

Y que la juerga iba siendo redonda. Mi tío se corrió a soltar otros tres pesos; Cinta bajó distintas veces, ya por vino, ya por una ensaladita de langostinos, ya por dulces, ya por fruta; a última hora, sangría nueva para que subiesen café y licores; en fin, acabó por reunirse una apetitosa comida-cena. La vieja debió de engullirse solita, allá en la cocina, la cazuela de arroz con almejas que pensaban cenar todas, pues este plato casero no salió a relucir.

De aquella gazapera diabólica no nos despedimos hasta la una bien dada. Por la gibosa y angustiada escalera nos alumbró la mamá, amparando con la mano un reverbero de petróleo, que sacaba flecha de apestosa luz: y cuando nos vimos en la calle, la primer bocanada de aire relativamente puro me sorprendió como el despertar de un sueño. Al bajar la calle Ancha, se relamía mi tío, rumiando la humorada. «¿Qué tal las chicas? ¿Eh? Son de lo que no se gasta por nuestra tierra. ¿Cuál te chista más a ti? ¡Ah, claro, Belén es de órdago! ¡Qué esto, y qué aquello, y qué lo otro tiene la indina! ¡Por supuesto, me figuro que tú eres ya un hombre formal, y... chitón! De estas pavas que uno corre por aquí no conviene que se hagan cargo por allá; son guasas inocentes, que a nadie perjudican. Hay que pasar el rato, chico; por lo mismo que va uno a entrar en otro estado muy diferente... Una cana al aire siempre gusta echarla. Y la Belén y la Cinta no son de las más exigentes, aunque si pueden, todo el día ha de estar uno chorreando pesetillas.»

—¿Por qué no les dio usted desde luego un billete o dos? Mejor fuera eso que andar regateando el duro ahora y el duro después.

—¡Psstt! ¿Tú por lo visto eres algún príncipe raso? Pues con estas pájaras, si abre uno la mano... se solivianta de modo que se hacen imposibles. Si acierto a enseñarles la cartera... Hasta me había pesado llevarla, porque, en estas bromas, nunca sabe uno...

Se detuvo de repente, completamente disipados los vapores del jerez, pálido y alarmadísimo, y echando con precipitación mano al gabán, exclamó:

—Pues... mi cartera... lo que es mi cartera no va aquí... ¡Puñales, navajas! no está, no está... ¡Aquellas tías ladronas me la habrán cogido! Tres billetes de a cien nada menos... ¡Centellas, chispas! Que no está, te digo... ¡Vamos a sacársela!

—Mire usted bien... —murmuré disimulando a duras penas el tedio y la repugnancia—. Mire usted... ¡No le han robado, qué disparate! Por aquí se me figura que abulta el sobretodo...

Respiró profundamente: la cartera había parecido. La palpó gozoso y se detuvo bajo la luz de un farol para asegurarse de que el contenido estaba intacto. Recobrado el buen humor, y registrando en los rincones de la cartera, añadió:

—Y para más iba con el dinero el retrato de mi novia. Buena se armaba si me lo pillan. La Belén es muy capaz de picarle los ojos con un alfiler de a ochavo.

Me alargó la fotografía. Era chica, de tarjeta, de esas que se dan a las personas muy queridas, y vi un rostro juvenil, un peinado sencillo, que descubría una frente ancha y convexa, y unos ojos vivos, con un rayo de pasión y voluntad que me sorprendió, pues yo me figuraba a la novia de mi tío apagada y dulce, sometida a todas las imposiciones por su pasividad. Lo que no la encontré fue tan fea como aseguraba mi madre. Tenía una de esas caras que, sin irradiación de belleza, atraen la mirada segunda vez.

Dejé a mi tío a la puerta del hotel y me recogí a horas ya no muy distantes de la del alba. Decir lo que me mareó Portal al día siguiente, sería el cuento de no acabar nunca. Me olfateaba la ropa y luego se relamía exclamando: «¡Ah trucha, perdis, apunte! ¡Odor di femina!». De repente soltó la carcajada: «¿Qué es esto?».

En la pierna izquierda de mi pantalón había pegadas dos cabecitas de angelote, una rosa, una vara de azucenas, y no sé qué atributos más. No hubo remedio sino cantar de plano y hacer una descripción fiel, circunstanciada y afrodisíaca de las artistas en cajas de dulce.

VI

¡Con qué gusto emprendí el viaje hacia Galicia! En Madrid calor asfixiante ya, y en la tierra aire fresco, saturado de campestre aroma. Parecíame como si nunca lo hubiese respirado y mis pulmones resecos necesitasen, para funcionar en las condiciones fisiológicas normales, aquellas partículas de humedad, aquel hidrógeno embalsamado y puro. No soy de los gallegos que sienten con patológica intensidad la morriña; sin embargo, el primer grupo de castaños que se perfiló en el horizonte me pareció un amigo que con acento de bienvenida me saludaba.

Mi madre estaba en la Ullosa, y allá me fui derecho, parte por el coche de línea, parte a pie, que todos estos medios de locomoción exige la situación de la finca. Llegué a la puesta del Sol; mi madre salió a esperarme al camino, y medio agarrados de las manos y medio de bracete, anduvimos el trecho que divide a la Ullosa de la carretera provincial. Cuando se hubo enjugado el rocío que siempre asoma a los párpados de una madre que ve a un hijo después de año y medio de ausencia, su primer descarga de preguntas fue como sigue:

—¿Conque tu tío pone casa, eh? ¿Es verdad que la amuebla a todo lujo? Así hace el que puede y no el que quiere. ¿La cama dice que es preciosa? ¿Y de alquiler, qué paga? De seguro una barbaridad, porque en ese Madrid todo está por las nubes. ¿Y sabes si ya tomó criada? Milagro será que no meta en casa una bribona. ¿Conque mucho de muebles majos? Aire, aire a los cuartos del Ayuntamiento. Para eso se hacen ciertas porquerías. No me digas que no, Salustiño, que me voy a poner fuera de mí.

—Pero mamá, ¿qué nos importa a nosotros eso? —exclamé cuando me consintió meter baza— ¿qué culpa tengo yo de que el tío se case?

—Como dijiste que hacía bien... —me respondió deteniéndose para respirar y con los labios temblorosos, a la manera de los niños cuando les entra corajina.

—No parece sino que por lo que yo dijese iba a guiarse el tío. Es preciso que usted se conforme, mamá, y aguante lo que no es posible evitar de ningún modo. Creo que vale más proceder así, por todos estilos, hasta por conveniencia propia.

Mamá clavó los ojos en mí. Era mayor dos años que el tío Felipe y se conservaba muy agradable, gracias a su robusta salud, a la vida higiénica y natural que llevaba casi siempre, y acaso a la falta de meditación profunda y de fatiga intelectual, a una movilidad de pájaro y a una facilidad para encolerizarse y aplacarse que le esparcía la bilis y fustigaba su sangre, aligerándola. Esta volubilidad moral, esta incapacidad de elevarse a la región de las ideas generales y abstractas, conservaban a mi madre toda su fuerza y capacidad para la acción. Era su voluntad quien guiaba a su pensamiento, el predominio del elemento afectivo y activo se leía en su frente lisa y angosta, en el mohín voluntarioso de sus labios, en la mirada inquieta y preguntona de sus ojos nunca distraídos.

Mi madre no se recogía a Pontevedra sino en tiempo de frío riguroso, o en Semana Santa y Pascua para comulgar. La huerta de la Ullosa la mantenía durante el año entero. Con tanto renegar de la estirpe de los Cardosos, mi madre tenía mucho de la adquisividad, la economía sórdida y el genio mercantil que caracterizan a la raza hebrea. ¡Lo que puede el cariño, y cómo enreda las nociones de la lógica! Estas condiciones, que en mi tío me repugnaban, parecíanme virtudes en mamá, y lo eran en efecto, si es virtud acomodarse a la necesidad. Con tristes ocho o nueve mil realitos que a lo sumo y exprimiéndole bien podría rentar nuestro patrimonio, no era chico milagro vivir con cierto bienestar relativo, sufragar no pequeña parte de los gastos de mi carrera, y aún esconder en las vueltas de un colchón cuatro o seis onzas para un apuro. Quien esto consigue, no es una mujer cualquiera. Mamá andaba siempre de hábito del Carmen, por ahorrar trajes, claro está; del lino que producían sus heredades, hacía tejer lienzo, ese lienzo gallego moreno y duro que nunca se ve roto, para camisas y sábanas; de una viña de uvas agrias sacaba vinillo clarete para dármelo a beber en las vacaciones; del centeno de su renta amasaba el pan que comía; con un par de cerdos engordados en casa, armaba puchero para todo el año; criaba gallinas y conseguía huevos; recogía leña en una mota de bosque; tenía vaca y la revendía con ganancias en la feria cuando ya no daba leche; otros ganados los llevaba a aparcería con sus caseros, salteando unas ganancillas; del orujo de la vid destilaba aguardiente y en él ponía guindas en conserva; en fin, no perdonaba arbitrio de sacarle el jugo al dinero y a la propiedad, realizando esos prodigios de buen gobierno y frugal existencia que solo ejecuta la mujer tirando vive sola. Obligada por su sexo a limitar la esfera de sus negocios, se desquitaba aprovechando las menudencias y no perdiendo ni el valor de mi alfiler. Sana, animosa, infatigable, todas las horas del día las empleaba en algo útil, y hasta sospecho que en más de una ocasión bordaría o cosería secretamente para fuera.

—El día que acabes la carrerita y salgas ganando ya tu sueldo, estaré hecha una reina —decíame cuando yo me admiraba de verla tan atareada y afanosa. Y yo estudiaba con gusto pensando que los últimos años de mi madre serían de tranquilidad y calma. Idea errónea, porque aunque mi madre apalease el dinero, había de agitarse lo mismo, dados mi temperamento y su índole. Rebosaba tanta vida; era un ser tan lleno de energía y, tan resuelto a sacar partido de la existencia, que lejos de infundir lástima, debía inspirar envidia a los que habitamos mucho en nosotros mismos y acabamos por hacer nuestra imaginación nuestra cárcel celular. El carácter de mi madre es de los que constituyen a los individuos felices, fuertes y armados contra los rozamientos y las deficiencias de la realidad. ¡Cosa rara! Cuando yo no veía a mi madre, la idealizaba, suponiéndole ciertas condiciones y debilidades propias de su sexo, a las cuales era muy ajena. Verbigracia: me empeñaba en suponerle ardientes convicciones religiosas y algunas veces me sucedió contestar a las bromas impías de los compañeros o exclamar al exponer una opinión atrevida: «¡Líbreme Dios de que lo supiese mi madre!». Si comía carne en Semana Santa, o recordaba el tiempo transcurrido ya de sin oír misa, pensaba: «¡Ay si mamá se entera!». Y el caso es que mamá, a pesar de su hábito del Carmen, se limitaba a cumplir lo más superficial de los mandamientos de la Iglesia, sin manifestar que le importase gran cosa el estado interior de mi espíritu.

No por eso carecía de creencias aquella gallega briosa. Sin duda por transmisión hereditaria de la rama israelita, la concepción religiosa más arraigada en mi madre era la de un Dios airado, rencoroso e implacable: el Dios bíblico que «visita la iniquidad de los padres en los hijos, hasta la tercera y cuarta generación». Creía buenamente que Dios lo castiga todo a raja tabla, aquí de telas abajo; y se imaginaba además que esas venganzas y represalias celestiales, estaba el Señor dispuestísimo a ejercerlas contra todos cuantos la molestasen a ella, Benigna Unceta, por cualquier causa o en cualquier asunto. Gracias a aquella incapacidad suya de generalizar las ideas, presumía que sus agravios y resentimientos personales interesaban muchísimo a la divinidad. Tanto, que al detenerse en el repecho que nos separaba de la Ullosa, hubo de exclamar en profético tono, agitada con todo el sobrealiento de la subida y la fogosidad de su genio:

—Ya verás cómo Dios castiga a tu tío Felipe sin palo ni piedra: ya lo verás. Deja correr el tiempo. No se escapa.

Protesté contra tan peregrina suposición, y como si alguna voz descendida de otras regiones se uniese a mí para rechazar cuanto no fuese perdón y caridad, sonó en la iglesia próxima el Ángelus, con tristeza muy resignada y poesía grande.

Mi madre se volvió bruscamente y me interrogó:

—¿Tú vas a la boda?

—Sí señora, y usted también debiera ir. Es una campanada que usted no vaya.

—Déjame de historias, que no se me antoja presenciar semejante esperpento. Cosa más disparatada no se ha visto ni verá. Quiera Dios que a tu señor tío no le nazca madera de aire... No pondría un céntimo a que no le naciese. ¡A su edad casarse! ¿Estaría bonito que me casase yo ahora?

Bregué con aquella obstinación invencible, alegando que mi tío estaba en muy buena edad para matrimoniar, y que nosotros haríamos desairado papel enojándonos por acción tan justa y sencilla. «El viento y el aire —replicaba mamá furiosa—. Valiente mamarracho defiendes. Yo sé lo que digo, y sé también las palabras que se me dieron. Ya Dios le ajustará las cuarenta. No creas que estoy loca, no; él ha de caer... ¡ya lo verás! Y la muchacha que se casa con él, te digo que no tiene vergüenza. A tu tío no le quería yo ni cubierto de oro, y si no fuese mi hermano...»

Diome de cenar mi madre un plato regional que sabía me agradaba mucho. Eran papas o puches de harina de maíz con leche fresca. Sacaba las papas hirviendo, las dejaba enfriarse y formar costra, y abriendo un agujero en medio de la pasta, derramaba allí la leche riquísima contenida en un puchero de barro. Mientras yo despachaba este manjar de homérica sencillez, ella no cesaba de hablar, de preguntarme, y siempre volvía al punto inicial... mi tío.

—Ahora está metido ahí en una, que no sé cómo va a salir... Una trifulca atroz, en que me parece a mí que le van a sentar las costuras... Otro chanchullo más gordo que el de los solares y los ranchos... ¡Y cuidado que aquel!... El de ahora es cuestión de la contrata de la plaza de abastos: dicen que tu tío va a medias con el contratista en las ganancias, y que le han dado unas ventajas atroces, y que el hombre no ha cumplido ninguna condición, absolutamente ninguna, y que el Municipio le pone pleito. Y hoy el Municipio no es lo que era el año pasado: tu tío no marida allí. Tendrá que ir en romería al Santo... Si don Vicente no lo saca de esta, mal negocio. Pero lo sacará: tan bueno es Juan como Pedro. Con el gallo de la protección de don Vicente, hacen de esta provincia cuanto se les antoja. Como tu tío se larga a Madrid, le van a alquilar para el correo la casa suya de Pontevedra..., otro guisado. Bonitos andamos. En estos tiempos es preciso que todo el mundo se despabile. Yo no soy hombre, pero si lo fuese, iría también en peregrinación al Santuario, como cada quisque. Esto te lo digo yo aquí; pero por allí, por fuera, cuidadito con lo que hablas... Don Vicente tiene la mar de paniaguados y de amigotes: no conviene que te coja tirria, que andando el tiempo te podrá servir.

Viéndola tan expansiva, la agarré por el talle, la besé en el pescuezo y en las mejillas, y me determiné a decirle riendo:

—Mamá, para presentarme en el Tejo con un poquito de decoro, me es indispensable llevar un regalo a la novia de mi tío. El será lo que gustes, y nos habrá jugado mil perradas, pero al fin está sufragando mucha parte de los gastos de mi carrera.

—Por algo lo hace. Chiquillo, ojo. Si fuésemos a rechinar nosotros lo que nos corresponde de derecho... Y a saber si de hoy en adelante sigue pagando.

—Pues no importa, mamá; pues no importa. Aunque no pague. El regalito.

—¡Pero si no tengo maldito cuarto! ¿Tú crees que aquí se fabrica moneda? ¡Sí, para fabricar estamos! Caro me cuesta salir del día.

—Bueno —respondí con resolución—. Entonces no hay más que hablar: mañana voy a Pontevedra y empeño el reló o las botas... Ello regalo ha de haber... se me ha puesto en el moño.

A la mañana siguiente mi madre entró a despertarme. Traía debajo del brazo un cesto de cerezas maduras, que dejó sobre la cama para que me desayunase: y entre los dedos dos redondelitos brillantes que elevó a la altura de mis ojos. Eran dos monedas de a cinco.

—¿Qué te parece? ¡Cuántos trabajitos para juntar esto! Anda, ve y derróchalo; estrágalo, ya que te da por ahí... No quiero que digas que tu madre te deja mal, pudiendo dejarte bien, en parte ninguna.

Le eché los brazos al cuello y le di tres o cuatro besos chilreados, mientras ella se defendía mal exclamando: —Payaso... sobón... ¡vete a paseo, chiquillo!

Con los diez duros adquirí en la metrópoli un imperdible o cosa parecida, que representaba dos áncoras cruzadas, en medio un cupidillo, con un rubí chico y dos perlas. De esos dijes chabacanos que inventa la moda y desecha el buen gusto. Pero en fin, ya no iba a la boda con las manos vacías.

VII

De Pontevedra a San Andrés de Louza y a la quinta del Tejo, es una jornada recreativa más bien que un viaje. Atravesé la ría en una lancha alquilada en Pontevedra: desembarqué en la opuesta orilla, y me resolví a andar a pie cosa de un cuarto de legua por la comarca más pintoresca que soñarse puede. Desde la playa, cuya arena finísima y plateada conserva la huella del pie, y que rodean grandes matas de aloes en flor, hasta los senderos cuajados de madreselva y los campos de maíz que susurraban al soplo del viento, todo me pareció un oasis, y mi espíritu se inundó de esa vaga felicidad que en la juventud nace de la excitación de los sentidos y de una especie de presentimiento inexplicable, nuncio del porvenir: presentimiento que sin augurarnos sucesos felices, nos alboroza como si en efecto hubiesen de serlo.

Situada en un alto la quinta del futuro suegro de mi tío, la vi desde la misma ensenada donde desembarcamos. Por mejor decir: lo único que distinguí claramente fue la torre cuadrangular, almenada, y las ventanas cuyos cristales teñía de rojo y oro el Sol poniente. El resto del edificio lo cubría una masa de verdor, tal vez un grupo de árboles. De todos modos, para orientarme bastaba con lo visto. Dejé mi maleta en el pueblo, advirtiendo que ya enviaría por ella a la mañana siguiente, y emprendí la caminata.

Subí por el sendero en cuesta, azotando con la vara que empuñaba los sonoros maizales y las zarzas, de donde volaban asustadas las mariposas; y a una revuelta del camino, sorprendiome extraordinariamente la vista de mi hombre sentado en una piedra... La sorpresa no se explica al pronto, pero el caso es que el hombre era un fraile.

Por primera vez en mi vida veía yo un fraile: en carne y hueso. Me admiré como si creyese que los frailes ya no podían encontrarse más que en los lienzos de Zurbarán o Murillo. De pinturas del Museo, como de haber visto a Rafael Calvo, una tarde, representar el drama del duque de Rivas Don Álvaro o la fuerza del sino, se derivaban todos mis conocimientos en indumentaria frailesca. Comprendí que el fraile sentado en la piedra era un franciscano: el sayal se plegaba de un modo estatuario sobre sus muslos; la capilla la tenía caída sobre los hombros, y en la mano uno de esos sombreros de abate francés, de felpa grosera y alas abarquilladas, con el cual se abanicaba la frente sudorosa, respirando fuerte. Luego depositó el sombrero en el suelo mismo, y volviendo hacia fuera los codos y apoyando en los muslos las manos abiertas, se quedó meditabundo. Yo le observaba con ardiente curiosidad, imaginándome que por el hecho de ser fraile había de meditar aquel hombre en cosas o estrambóticas o sublimes. Él alzó la mano derecha, y deslizándola en la manga izquierda, sacó de la especie de bolso que formaba la joroba de la manga un pañuelo enorme, a cuadros blancos y azules, y se sonó con energía. Después se incorporó, y como el que dice «sus» recogió su chapeo y rompió a andar, a tiempo que emparejé con él.

Yo no sabía si ponerme a su lado, si quedarme atrás, o adelantarme y darle las buenas tardes sencillamente. Me intrigaba, me interesaba, me atraía aquel hombre, sin motivo racional ninguno. De los frailes tenía yo dos ideas muy antitéticas que, sin embargo, coexistían en mi espíritu: por un lado el fraile de cromo de Ortego, picaresco, glotón, lascivo, beodo, «hombre sin vergüenza asomado a una ventana de paño»; por otro el fraile de las novelas y los poemas, tétrico, exaltado, visionario, con la mente enflaquecida por el ayuno y los nervios desequilibrados por la continencia, huyendo de las mujeres, evitando a los hombres, lleno de flato, de tentaciones y de escrúpulos. Y quería saber a qué sección de estas dos pertenecía mi fraile.

Como si él me hubiese adivinado el pensamiento, al sentir mis pasos se detuvo, se enfrentó conmigo, y me dijo con acento resuelto e imperioso:

—Felices tardes, caballero. Usted me dispensará que le haga una pregunta. ¿Viene usted por casualidad de San Andrés de Louza? ¿Va usted a la Torre de los señores de Aldao?

—Sí señor, allá voy —contesté un tanto sorprendido.

—Pues si usted no tiene inconveniente iremos juntos. Yo sé el camino, porque estuve aquí otra vez. Me tomo la libertad de hacer a usted esta proposición, figurándome que en el campo, cuando uno va solo, no le molesta...

—¡Molestar! Al contrario —respondí, agradado de la marcialidad del fraile.

Echamos a andar brazo con brazo, pues el sendero se ensanchaba, y permitía este lujo de sociabilidad. Entonces noté que el fraile iba descalzo, con unas sandalias que sujetaban el pie por el empeine dejando libres los dedos, que eran bien modelados y carnosos, como los de las esculturas de San Antonio de Padua. Empezó a dirigirme preguntas.

—Ha de perdonarme usted, porque soy, amigo de la franqueza y de que la gente se conozca. ¿Es usted acaso pariente de Carmiña Aldao?

—No, señor, de su novio. Nada menos que sobrino carnal.

—¡Ah! Ya sé. El que estudia para ingeniero en Madrid. El hijo de Benigna.

—Justo. ¿Cómo está usted tan bien informado?

—Diré a usted: la familia de Aldao me distingue con bastante confianza: por eso me encuentro al tanto de esos pormenores. ¿Y qué tal, qué tal de estudios? Ya sé también que es usted muy asiduo, y joven de gran porvenir. Tengo muchísimo gusto en conocerle: se lo digo de corazón, porque gasto pocos cumplimientos. ¡Ah! Y ahora caigo en la cuenta de que todavía no sabe usted mi nombre. Como un pobre religioso no necesita presentarse, que el hábito le presenta... Me llamo Silvestre Moreno, para servirle.

—Yo Salustio...

—Ya estoy, ya estoy. Salustio Meléndez Unceta.

—Veo que no hay cosa que usted ignore.

—Eso quisiera —repuso el fraile riendo de muy buena gana; y de pronto, deteniéndose bruscamente me imploró:

—¿No podría usted hacerme el favor de un cigarrito de papel?

—No fumo —contesté con cierta prosopopeya, que después me pareció ridícula.

—Hace usted bien: una necesidad menos... Pero yo ¡caramelo! estoy tan viciado, que... En fin, lo mismo da, hasta el Tejo paciencia.

—¿Desde cuándo no ha fumado usted?

—¡Caramelo! Desde ayer por la tarde. En Pontevedra paré en casa de una señora anciana, muy respetable, viuda, sola, que, como usted comprenderá, no fuma, ni su criada tampoco. Por la mañana, cuando me afeité, me di un par de cortes, porque tenía un serrucho por navaja, y la señora fue tan caritativa, que me compró una navajita inglesa, que corta el pensamiento, finísima... aquí la llevo —añadió señalando a la manga—: no la he estrenado todavía. Ya ve usted que después de este obsequio, que debe de haberle costado algunas pesetillas, yo no iba a ser tan gorrón que le pidiese cuartos para tabaco...

—Pero —exclamé contagiado por la franqueza del fraile—, ¿es que no lleva usted consigo un céntimo?

—Pues claro que muchísimas veces no lo llevo, ni medio tampoco.

—¿Y cómo es posible?

—¿Y el voto de pobreza, recaramelo, es guasa?

—Siento muchísimo no fumar —exclamé— para este caso especial tan solo.

—No se apure usted, amigo, que los frailes no nos apuramos tampoco porque nos falte una mala costumbre. Además, que en cuanto lleguemos al Tejo, me van a sobrar víveres. Ya verá usted el señor de Aldao cómo se despepita a ofrecerme cigarros.

Dijo esto con alegre filosofía y emprendió el camino con buen ánimo y gentil determinación, andando más listo que un servidor de ustedes. Una pregunta me bullía en los labios y me resolví a formularla.

—¿No le molesta a usted el ir descalzo?

Volviose sorprendido el fraile.

—No señor —contestó, recapacitando como para recordar si en efecto le molestaba la descalcez—. Al principio eché de menos, no los zapatos, sino las medias, y eso que no tenían nada de finas: que mi madre me las calcetaba bien gordas, y yo nunca puse otras sino las calcetadas por mi madre. Digo, sí... acabo de ponerlas no hace mucho... y de seda finísima; para que vea usted; no vaya a creerse que porque soy fraile no he gastado de esos lujos. Pero en fin, esto es capítulo aparte. Viniendo a lo de la descalcez, que es lo que usted me pregunta ya que yo quiero contestar categóricamente, sepa que desde que voy descalzo, nunca tuve sabañones en los pies, ni padecí de callos, ni de ojos de gallo, ni de ninguna molestia parecida —al decir esto sacaba el pie, que en efecto era contorneado y sano, sin esa deformación de los dedos que produce la bota—. Y mire usted lo que puede la costumbre, caballero. Ya me parece que estoy más limpio así. Se me figura que las calcetas y el calzado no consiguen más que archivar las porquerías. Nadie que vaya descalzo lleva los pies realmente sucios, por mucho que trajine y mucho calor que haga, sobre todo si tiene la manía que tengo yo...

Diciendo y haciendo, se apartó diez pasos, y llegándose al regatillo que corría al borde del sendero, entre cañas y mimbrales, dejó en tierra las sandalias, remangó un tanto el hábito y metió un pie tras otro en el agua corriente. Después que hubo secado las plantas en la hierba, se volvió a poner sus sandalias y me miró con aire victorioso. Yo sonreí impulsado por una idea, o más bien por un sentimiento cordialísimo, que podía traducirse en esta forma:

—¡Qué fraile más raro y más simpático!

—Vamos —me dijo—: que adivino lo que está usted pensando, caballero.

—Puede ser. Diga usted y yo le diré si acierta.

—Pues, ¡caramelo!, usted piensa allá para su sayo... que los frailes gastamos pocos cumplidos, que somos muy democráticos y muy ajenos a los estilos de la sociedad, y que enseguida entruchamos con la gente.

—No señor, no era eso. Yo pensaba...

—Llámeme usted padre Moreno, o Moreno a secas, si le es igual. Lo de «señor» es demasiado lujo para un pobre fraile.

—Pues padre Moreno, lo que yo cavilaba... Pero temo que si lo digo le moleste.

—Nada de eso, nada de eso, yo me muero por la franqueza.

—Pues cavilaba en que los frailes no tienen faena de ser así... tan partidarios de la limpieza corporal como usted —(al decir esto le miraba de soslayo, examinando con rápida ojeada sus manos, sus orejas, su cogote, todo lo que exteriormente delata los hábitos de pulcritud del individuo)—. Hasta creí que condenaban ustedes por pecado el cuidar de la persona. Dicen que el mérito de algunos santos ascetas consistía en poseer un millón de habitantes y llevar el pelo y la barba... colonizados.

En vez de enojarse por tan irreverente supuesto, el padre soltó la carcajada más sincera que he oído salir de humana boca.

—¿Con que usted creía eso? —me dijo cuando la risa le permitió hablar—. Y usted que parece un joven tan instruido ¿no sabe lo que decía la gloriosa Santa Teresa? Pues se lavaba muy bien, y luego exclamaba: «Señor, mi alma como mi cuerpo». ¿De modo que para usted todos los frailes éramos unos solemnes gorrinos? Entonces, buen susto habrá pasado al verme. ¿Usted ha tratado más frailes que este su servidor y capellán?

—A la verdad es usted el primero que veo en mi vida. Es más; pensé que no existían ustedes. Una tontería, porque sé muy bien que en España se están repoblando los conventos de varias órdenes; pero francamente, con la imaginación me figuraba yo que los frailes solo se encontraban en los cuadros, en los retablos de las iglesias, y así... Nada, aprensiones.

—Pues ya los ve usted en persona. Entre los frailes sucede igual que en el siglo, porque usted bien comprenderá que hay genios y gustos muy diferentes, aunque se rijan por una misma regla. Unos son descuidados; otros se acicalan más; pero como usted conoce, nuestro santo hábito no nos permite andarnos con muchas agüitas de olor y tarretes de esencias y de pomadas. Estaría bonito un religioso usando la velutina Fay y el Kananga o ganga... o como recaramelo se llame ese perfume que ahora se estila tanto.

—¡Vaya que está usted enterado, padre! —exclamé riendo a mi vez.

—Es que yo trato a señoras muy elegantonas y muy majas... Y no extrañe usted que quiera vindicarme y vindicar a los pobrecitos frailes de la mala fama que usted les cuelga. Figúrese que nuestro Santo Patriarca era tan aficionado al agua, que hasta compuso en alabanza suya unos versos preciosos, diciendo que es casta y limpia. Yo le hablo a usted con el corazón en la mano; me gusta la gente aseada, pero ciertos extremos de pulcritud que hacen ciertos hombres, me parecen cargantes y empalagosos. ¡Caramelo! Eso de que un señorito pierda media hora en recortarse y pulirse las tiñas... pase en las mujeres; lo que es en quien peina barbas...

Diciendo esto cruzose de brazos el fraile y se volvió hacia mí como queriendo respirar y descansar un poco. A la luz rojiza del poniente, que tanto entona las figuras, noté que la suya guardaba harmonía con aquella profesión de fe viril. Era membrudo sin llegar a grueso, y de aventajada estatura sin pasarse de alto. Su tez tostada y cetrina revelaba complexión biliosa y curtientes fatigas de viajero por regiones de Sol. Los ojos los tenía vivos, alegres, negrísimos, bien delineados y abiertos sobre el alma de par en par. Su cuello, descubierto por la tonsura del cerquillo, indicaba vigor, y lo mismo las manos, grandes, ágiles y robustas, manos que así servían para elevar delicadamente la hostia como pudieran empuñar, caso de necesidad, la arada, el garrote o la carabina. Las facciones no desmerecían de las manos: acentuadas como por el palillo de hábil escultor, tenían la mezcla de calma y de firmeza que se advierte en ciertas esculturas de retablo. Entre la boca y la nariz, así como en la meseta de la barbilla, existían dos hoyuelos indicadores casi siempre de un fondo de bondad llamada a templar la fuerza del carácter.

Por fijarme, hasta en las orejas me fijé, notando que eran como de confesor, de ancho conducto y casi movibles; unas orejas con mucha fisonomía, según suelen tenerla los eclesiásticos.

—¡Caramba con el fraile, y qué terne parece! —discurría yo sorprendido.

Seguimos caminando. Ya debía de estar muy próxima la quinta de Aldao, pero no llegaríamos antes de haberse entrado la noche, que caía plácidamente. Eran más penetrantes los olores de la madreselva; los perros, asomándose a las paredillas de las heredades, nos ladraban con mayor furia; oíase en lontananza la queja del mochuelo, y el bicornio de la Luna, fino como un trazo de pincel, asomaba hacia la parte de la ría. El fraile manifestó con una exclamación trivial que sentía la belleza del sitio y de la hora.

—¡Vaya una tarde! ¡Cuidado que es lindo este país! Cuanto más se ve más hermoso parece. ¡Y tan fresco! Para mi gusto ya es demasiado; prefiero el clima del África.

—¿Ha estado usted mucho tiempo en África?

—¡Toma! Pues si soy medio moro.

—¿Y ha viajado usted por el desierto?

—¡Ya lo creo! Y sin tiendas de campaña, ni caja de provisiones, ni escolta, ni otras monsergas de esas que llevan los exploradores al uso. ¡Sobre un mulo y con un par de gallinas atadas al arzón de la silla; bebiendo el agua de los charcos y durmiendo bajo el pabellón de las estrellas, he rodado yo más por aquellos arenales y me han sucedido más lances y más aventuras!

De buena gana le hubiese preguntado sobre las correrías africanas: pero otra curiosidad mayor me punzaba, cuyo recuerdo despertó en mí el ver blanquear la cerca del Teixo y negrear sobre la cerca y bajo la torre la que me parecía mancha enorme de arbolado. Quise contrastar la exactitud de las noticias de mi madre, consultando a una persona que ya se me figuraba por todo extremo imparcial y sincera.

—¿Diga usted, padre Moreno, usted conoce a la futura familia de mi tío? ¿Cómo es la novia? ¿Qué tal persona es el papá?

—Claro que les conozco —respondió el fraile aplicando sobre su abierto rostro una especie de máscara de discreción absoluta—. Es una familia muy apreciable y la novia de su tío de usted... una señorita muy buena.

—¿Y... es bonita?

No se espantó el fraile de la pregunta, antes respondió con desahogos:

—Yo soy mal juez: acaso me equivoque. Confieso que no me parece... así... ninguna cosa de quedarse admirado. No la llamaré fea, pero tampoco... Y no crea usted: aunque digo que soy mal juez, no es que me falten motivos para entender: porque allá en Tánger, Tetuán y Melilla hay judías y moras que pasan por guapas; y asómbrese usted: tengo moros tan amigos, que alguno me enseñó su harén... Le advierto que entre ellos es una prueba de estimación grandísima.

—¡Ah!... —murmuré sin poder reprimir una expresión maliciosa—. ¿Conque franca la entrada del harén?

—Sí —afirmó alardeando de naturalidad el fraile—. Y ¿quiere usted que le cuente cómo estaba la mora favorita, vamos, la predilecta de este moro amigo mío, que era un ricachón de allí?

—¿A ver cómo estaba? ¿Muy tentadora?

—Ya le he dicho que soy mal juez: yo solo puedo describirle exterioridades... y usted opinará. El traje era de una seda riquísima, abierto en el pecho, y este adornado con unos collares de perlas gordas y de diamantes y pedrerías: dos o tres collares lo menos tenía la mujer. En los brazos unas ajorcas como las que pinta Cervantes en la novela del Cautivo... ¿no la ha leído usted? Pues así. Luego cojines, cojines y más cojines: unos debajo de los brazos, otros debajo de las caderas, otros detrás de la cabeza: y los cojines eran para impedir que se rozase, porque la mujer estaba reventando de gorda, que es el secreto de la hermosura entre las moras. Esta no se podía menear. ¿Y sabe usted con qué la engordaban? Pues con bolitas de pan, que ya no se puede llamar engordar a una mujer, sino cebarla. Fumaba por un tubo largo así... y tenía delante un veladorcito incrustado de nácar, con dulces y bebidas.

—¡Ah socarrón de fraile! —discurrí yo—. Te finges muy corriente y muy sencillo, y eres más tuno y más ladino que todas las cosas. Me estás mareando con tantos infundios moriscos, por no soltar prenda respecto a mi futura tía. Yo te pondré a parir: aguarda —y en voz alta exclamé: «Padre Moreno, usted que tan perfectamente describe a las moras, mejor sabrá retratar a una cristiana. Bien puede usted decirme, al menos, si la novia de mi tío está cebada con bolas de pan, o si tiene un talle esbelto y mono, como la palmera del desierto. Vamos, padre...».

Subíamos ya por el sendero peñascoso que linda con la cerca del Tejo. Allí no cabíamos bien los dos de frente. El fraile se volvió y se encaró conmigo para responder. Ya no le alumbraba el último reflejo del Sol, como antes, pero aún entre la media oscuridad chispearon sus ojos cuando me respondió con inexplicable mezcla de donaire chancero y solemnidad entusiasta:

—Caballero, usted le ha de perdonar a un pobre fraile que se exprese como lo manda el hábito que viste y la regla a que obedece. De una mora, de tara infiel, yo puedo describir el cuerpo, porque si Dios se lo ha concedido hermoso, será lo único que se pueda alabar en ella, ya que el alma está envuelta en las tinieblas del error. Pero usted mismo ha dicho que la novia de su tío es una cristiana. Y a mí me consta que merece ese nombre tan... dispense si me expreso con demasiada vehemencia... iba a decir ese nombre tan sublime. De una cristiana, lo primero y acaso lo único que merece ensalzarse es el alma, y en mi boca sonarían mal otros elogios. ¡Un cuerpo que encierra un alma redimida con la sangre de Cristo! ¡Caramelo! No se lo voy a alabar a usted con palabras bonitas ni con flores retóricas. Con asegurarle a usted que su futura tía es en efecto una cristiana... he dicho cuanto tengo que decir.

—¿Tan buena es, padre Moreno?

—Excelente, excelente, excelente.

El tono con que el fraile triplicó el adjetivo, no dejaba lugar a insistencia. Por otra parte, habíamos llegado al portón. Sin embargo, cuando el padre agarró la aldaba, no pude menos de soltarle una preguntita insidiosa:

—¿Y usted, padre Moreno... viene a la boda por pura amistad?

—¡Naranjas! —exclamó con el tono recio que suele darse a las interjecciones más castizas—. ¡Si vengo a echar las bendiciones!

VIII

El gran portalón se abrió. Estábamos en un patio, todo poblado de arbustos y tupido de enredaderas, que trepaban por la fachada de la quinta, sin dejar adivinar mucho de su arquitectura. Enredaderas y arbustos estarían cuajados de flor, porque allí olía a gloria, a ese perfume divino, inaccesible a la ciencia del químico y que únicamente destila en sus misteriosos alambiques la natura.

Sentadas en bancos de piedra y sillas metálicas, tomando la Luna, vimos a unas cuantas personas que se levantaron al entrar nosotros y vinieron al encuentro del padre con exclamaciones de júbilo. Como solo a él hicieron caso en los primeros instantes, pude enterarme bien de la composición del grupo. En primer término mi tío, vestido de dril claro, próximo a una señorita de mediana estatura, de silueta elegante y airosa, que al ver al padre exhaló un chillido de gozo. A la izquierda un señor ya machucho, calvo, con bigotes... el suegro, un curita sumamente joven, casi un niño, una muchachona espigada, como de dieciséis años, y una chiquilla que no pasaría de doce. Todos se apiñaban alrededor del padre, dándole la bienvenida con greguería confusa. Por fin se acordaron de mi existencia, y mi tío hizo la presentación:

—Señor de Aldao, el hijo de Benigna, mi sobrino... Carmiña, Salustio...

La futura títa me miró distraídamente. Absorbía toda su atención el padre. Sin embargo, pasados algunos momentos, se volvió hacia mí para preguntarme «si vendría Benigna, que ella lo deseaba mucho». Disculpé lo mejor que supe la ausencia de mi madre, y la señorita de Aldao insistió en obsequiar al fraile. «¿Quería agua, naranjada, cerveza, Jerez? ¿Una copa de leche? ¿Chocolatito?»

—¡Hija! —gritó el padre empujándola familiarmente, como el que se sacude una mosca—. ¡Si quieres darme algo que estime... caramelo! dame medio cigarrito, aunque sea de paja.

Chac... Rissch... Dos petacas, la del suegro y la del novio se abrieron a la vez, e inmediatamente se encendieron varias cerillas. Se llevó la palma un habano de mi tío.

—Puede usted fumarlo con satisfacción —advirtió este, que era muy dado a encomiar lo que regalaba—. Procede nada menos que de don Vicente Sotopeña...

—¡Ah! Pues ese los tendrá de rechupete... ¡naranjas con él!

—¡Siéntese usted, siéntese usted para fumar! —suplicaron todos.

Sentado ya, y con su puro entre los labios, empezó a satisfacer al pregunteo de cada quisque. Querían saber cuándo había salido de Compostela, y cómo quedaban los otros padres, y qué ocurría por allá. Yo me situé un poco aislado del grupo, vencido por una distracción rara, especie de embriaguez psíquica. Recostado en un banco, percibí que a mis espaldas se tendían como tapiz de seda verde las ramas de una enredadera magnífica, la datura o trompeta del juicio final; no se requería imaginación muy poética para comparar sus gigantescas flores blancas a copas llenas de esencia fragantísima. Entretejido con la datura se esparcía por la pared un jazmín doble. Aquellos olores, columpia dos por el vientecillo suave, me subían hasta el cerebro, hacían bullir la savia de mis veintidós años y me inspiraban furioso apetito de amor, pero de un amor muy superferolítico, muy delicado y profundo, exclusivo y resuelto a atropellar las leyes humanas y divinas.

Cuando mudamos de residencia —aunque nuestra suerte no cambie—; cuando penetramos en un círculo de gente nueva y desconocida, se nos exaltan la fantasía y el amor propio, y aquellas personas ayer indiferentes, nos interesan de pronto, preocupándonos mucho la opinión que de nosotros pueden formar y los sentimientos que les inspiramos. El empleado, el militar a quien destinan a lejana provincia, lleva una idea vaga del lugar donde va a residir: apenas sienta el pie en él, lo pasado se borra y lo presente le domina, con la poderosa fuerza de lo actual y el estímulo de la novedad y de lo ignorado. Así, yo, excitado por los nuevos horizontes, algo mortificado en el fondo del alma porque mi presencia pasaba totalmente inadvertida, me figuraba que de aquella gente, apenas entrevista, extraña para mí pocos momentos antes, tenía que salir algo decisivo para mi suerte o para mi corazón.

Empecé por figurarme que en el seno de aquella familia pacíficamente reunida tomando la Luna, se desenvolvía un drama moral muy extraño, cuyo secreto poseía el fraile, de seguro. «En todas partes —meditaba yo borracho de esencia de jazmín— hay sus dramitas de entre bastidores y su crónica secreta. Allá en Madrid, en casa de la Josefa Urrutia, el drama tiene aspecto grotesco, pero no por eso deja de ser drama. Con la suerte y la vida de Botello se puede hacer el gran sainete dramático. Aquí, el conflicto, si existe, lo conoce el padre Moreno. ¿Por qué se casa esta señorita, que parece tan distinguida, con el antipático de mi tío? ¿Será verdad que la maltratan? No, mi misma madre, cuando la apremié, me ha confesado que eso es un dicho sin fundamento. Y estas mocitas que veo aquí, ¿qué papel componen? Y la concubina del señor de Aldao, ¿por dónde anda? Y en esa pareja de futuros esposos, reunidos en un sitio tan propio para excitar la fantasía y los nervios, ¿hay amor? y si no hay amor, ¿por qué hay boda?»

De estas reflexiones me sacó repentinamente el joven curita, que acercándose me dijo en tono pueril y con dejo gallego que desempedraba:

—Perdone la curiosidad... ¿Es el hijo de doña Benigna?

—El mismo.

—¿Uno que estudia para electro imántico científico?

Como yo no comprendiese al pronto este conato de chiste, el curilla rectificó:

—Para ingenioso, digo, para ingeniero.

—¡Ah! sí.

—Pues cuénteme entre sus servidores. ¿Quiere algo? Esta cansado? ¿Fuma?

—¿Y usted, es el párroco de San Andrés de Louza? —le pregunté a un vez, por decir alguna cosa menos incoherente.

Con la más injustificada familiaridad, el curilla me puso una mano sobre la cabeza, y forzándome a bajarla hasta tocar con las rodillas, chilló:

—Bájese... bájese vuecencia, que no está tan arriba... ¡Párroco! ¡Ay! Con clérigo contantaverit mihi... No he pasada por ahora de aprendiz, es decir, de recluta en la milicia sacra.

Sentose a mi lado y comenzó a referirme mil insulseces, a que presté muy poca atención, porque, a la verdad, pensaba en otras cosas bien distintas; y entre tanto fue llegándose la hora en que la caída insensible del rocío y la humedad que impregna la atmósfera hacen desagradable en Galicia permanecer al raso; y el amo de la casa, levantándose, nos hizo entrar y subir a una salita muy adornada de cortinajes de cretona, de donde pasamos al ancho comedor, en que nos esperaba la cena, servida por dos criados, el uno con trazas de gañán mal desbastado aún, el otro algo más pulido, bajo la dirección de una vieja obesa que arrastraba los pies y que se me figuró, a pesar de su ruinoso físico, la ex odalisca del señor de Aldao. Las dos muchachas entrevistas en el patio se habían evaporado: no aparecieron en la mesa ni en la sala.

Sentado frente a la novia, cuyo rostro iluminaba de lleno la luz de la lámpara, satisfice ansiosamente la curiosidad de mirarla: le bebí el rostro. Al pronto di la razón al padre Moreno: ni era fea ni bonita. Su cuerpo, elegante y cimbrador, valía más que su cara, de las que se llaman de perfil acarnerado, desprovista de ese esplendor de la tez y esa corrección de facciones que son elementos primarios de la belleza. Pero al cuarto de hora de examen, ya me inclinaba a votar, si no por la hermosura, al menos por el inexplicable encanto de la novia. Al abrir sus ojos negros, de mirar apasionado; al sonreír; al volverse para contestar a una pregunta, la movible faz se animaba, la vida corría por aquellas facciones que yo siempre imaginara plácidas y frías, a pesar de haber visto ya en su retrato, a la luz de un farol madrileño, el no sé qué del alma. Carmiña Aldao se reía poco, y sin embargo no parecía triste; había en ella la animación de la voluntad. Hasta extremosa me pareció, cuando, terminada la cena, y sacando yo del bolsillo el estuche con mi finecita, se deshizo en elogios de la pobre joya.

—¡Ay... qué cosa de tanto gusto! Papá, mire usted... Felipe... Es una monada. ¿Y lo escogió usted mismo? ¡Un estudiante! Vamos, que ya se le pueden hacer encargos. Nada, es precioso.

También el padre Moreno metió su cucharada en lo del imperdible.

—¡Hombre! Bonito de veras. Así hacen los poderosos. Los frailes no nos atrevemos a corrernos tanto: nuestros obsequios son más sencillos...

Diciendo así fue a buscar un saco de camino, su único equipaje, que había traído un muchacho desde San Andrés de Louza, y extrajo de él una cruz de nácar, de esas de Jerusalén, que aunque modernas tienen tallada con cierta rigidez bizantina la figura del Crucificado. Mediría media vara de altura.

—Es lo único que puedo darte, hija. La cruz viene tocada a la piedra del Gólgota, donde plantaron la de Nuestro Señor.

Nada respondió la novia: con movimiento rápido se inclinó y besó ardientemente no sé si el regalo o la mano que se lo ofrecía. El fraile iba extrayendo del saquillo variedad de rosarios, unos de nácar, otros de huesos negruzcos, pasados por un cordel, sin engarzar todavía.

—De los olivos del monte Olivete —dijo desenredándolos y repartiendo a los que estábamos presentes. Cuando llegó mi turno, debí de hacer algún movimiento de sorpresa, porque el fraile me preguntó con hidalga cortesanía:

—¿No lo quiere usted? Las cosas se toman como de quien vienen; nosotros somos pobres de oficio, y no podemos ofrecer dádiva de mayor valor material, caballero don Salustio.

Guardé el rosario, algo sonrojado de la lección. Había venido gente de San Andrés para ayudar a pasar la velada y hacer la partida de tresillo: el párroco, el boticario, el ayudante de Marina. Me brindaron con el cuarto lugar en la mesa, pero rehusé: temía perder y encontrarme sin dinero en casa extraña. Mi tío, sentándose al lado de su prometida, pegó la hebra; el padre Moreno se retiró a rezar horas, y yo volví a encontrarme entregado al aprendiz de clérigo.

—¿Dónde está mi cuarto? —le pregunté— ¿usted lo sabe? De buena gana me recogería.

—No lo sabo... pero el que tiene lengua va a Roma. Véngase usted. Agárrese a mi dedo meñique.

Cruzamos el comedor. La lámpara ardía aún, y la vieja presenciaba la operación de alzar los manteles, trasegar vasos y platos y recoger postres. Volví a fijarme en la sultana retirada. En otro tiempo de fijo pasaría por buena moza: hoy el pelo escaso y gris, la tez erisipelatosa y el exceso de obesidad la hacían abominable. Parecía laboriosa, regañona y al par humilde, resignada con su papel de escalera abajo. El curilla, para dirigirle una pregunta, le apretó el brazo derecho.

—¡Ay! Serafín, estése quieto... ¡Qué chanzas gasta más indecentes! ¡Vaya que ser!...

—Mulier, en usted se puede pellizcar sin reparo, que usted es ya contra toda tentación... ¿Dónde está el cubículo, alias dormitorio, de este señorito?

—Mismo al lado del de usted... Dios le dé paciencia al infeliz para aguantar vecindad semejante... ¡Candidiña, Candidiñaá! Una luz... alumbra a estos señores...

Apareció, palmatoria en mano, la mozuela espigada de antes, fresca, rubia, de facciones inocentes y aún algo bobaliconas, como de querubín de retablo, pero de ojuelos maliciosos, parleros, que ella procuraba entornar para que no la delatasen. Echó delante, y haciéndonos subir una escalera bastante pina, nos condujo a nuestros cuartos, situados en la parte alta de la torre, y separados uno del otro por un pasillo estrecho. Estas habitaciones, a las cuales no alcanzara la recomposición general dada por el señor de Aldao a la quinta, tenían aspecto de vetustez, y probablemente en circunstancias normales solo servían para almacenar la cosecha de calabazos o castañas. Los muebles se reducían a la cama, dos sillas, una mesita y un palanganero. La mozuela, dejando la palmatoria sobre la mesa, advirtió:

—Allí Serafín y aquí usted. Bien anchos están.

—Aún cabes tú, muliércula —advirtió desvergonzadamente el aprendiz de clérigo. La muchachuela pestañeó, soltó la carcajada, amenazando con la mano a Serafín; pero instantáneamente, volviéndose a mí, adoptó continente modesto y preguntó en tono humilde si mandaba algo. Contesté que deseaba recado de escribir, y dijo que iba volando por un tintero. Como se llevó otra vez la palmatoria, me quedé casi a oscuras, alumbrado solo por el reflejo de la Luna.

Me asomé a la ventana. En primer término vi extenderse enorme masa oscura, especie de lago vegetal, que parecía un solo árbol, aunque me lo hiciese dudar su magnitud. A lo lejos la ría brillaba como traje de raso gris salpicado de lentejuelas de plata; el creciente se multiplicaba en su seno y el ruido imperceptible del manso oleaje se confundía el del viento nocturno que estremecía las ramas próximas. Un aire húmedo y refrigerante acariciaba el rostro. Candidiña interrumpió mi contemplación colándose sin pedir permiso, trayendo en una mano el tintero, que casi rebosaba de tinta; en otra, además de la luz, papel, sobres, un cabo de pluma, un cucurucho de arenillas.

—Dice tía Andrea que tiene que dispensar, que todo viene así... cachifollado. Dice que mañana sin falta le dará la salvadora. Dice que en la aldea hay que perdonar muchas cosas.

Empecé a disponer lo necesario para escribir a Luis Portal, pero la muchacha, en vez de marcharse, quedose allí plantada, contemplándome como si mi persona y mis actos fuesen asunto de gran curiosidad. Cuando se inclinó por encima de mi hombro para fisgonear cómo disponía yo el papel, diciendo con asombro casi infantil y dejo gallego riberano muy dulce: «¡Ay! ¡y va a escribir ahora, tan tarde como es!», me cruzó a mí por la imaginación un capricho y por los nervios una corriente que reprimí con el esfuerzo relativo que cuesta desechar las sugestiones puramente físicas. «Cuidadito, Salustio... Hoy estás muy alborotado... Ándate con pies de plomo...» Por decirle algo a la mozuela, pregunté:

—¿Es un solo árbol eso que se ve desde la ventana?

—¿Pues no sabe que es el Teixo?

—¡Un tejo solo esa inmensidad! ¡Santa Bárbara! Cogerá media legua de circuito.

—¡Media legua! ¡Ay qué risa! No sea ponderativo. Media legua aún no la hay de aquí a San Andrés. Pero mire, tres pisos los tiene.

—¿Tres pisos un árbol?

—¡Ay! sí, ya lo verá. En uno se baila, en otro se toma el café, desde el otro se ve muchísima tierra... y la ría, y todo.

IX

Facsímile de una carta a Luis Portal.

«Chacho: aquí estoy a tus órdenes en el Teixo, quinta del papá de la novia de mi tío... ¡atiza! que se llama así, no el tío, sino la quinta, a causa de un tejo colosal que según fama tiene tres pisos, tantos como la mejor casa de Orense. Como acabo de llegar no puedo decirte aún lo que opino de la novia y gente que la rodea: esta gente es el papá, una vieja que tuvo que ver con el papá, y dos niñas hijas o sobrinas de esta vieja, una de ellas ya en sazón, y que aunque se llama Cándida... en fin, punto y aparte. La futura tití es una señorita de aire elegante, con una cara que agrada si se mira despacio: los ojos buenos, y hasta buenísimos. No sé si está enamorada, pero se muestra bastante cariñosa con mi tío. Hijito, vuelvo a mi tema. ¿Concibes tú que una mujer decente y honrada (dicen que mi futura tía lo es) se case así, por casarse, con semejante hombre? ¿No habrá allá en su corazoncito una historia secreta? ¿O es que en fuerza de su pureza misma, se figurará que casarse con un hombre se reduce a salir con él del brazo?

»La cosa me preocupa, porque en poquísimo tiempo he formado de Carmiña Aldao una idea particular, gracias a informes que tomé de un fraile... ¿No sabes? Chachote, he viajado con un fraile, un fraile de verdad, un franciscano descalzo y todo. Y puso a mi futura tía en las nubes. Me dijo que era el modelo de la mujer cristiana. Esto en boca de un fraile...

»¡Si vieses qué tipo curioso es el tal padre Moreno! Hombre más corriente, más llano, más simpático, no lo ha echado Dios a este mundo. Me tiene atónito. Ni se asusta de nada, ni es intolerante, ni rehuye ninguna conversación de las admitidas en sociedad, ni le trata a uno despóticamente, ni incurre en piadosas gansadas, ni hace cosa que no resulte cordial, discreta y oportuna. Por esto que te digo no creas que el fraile me la pega. Lo que es pegármela... Al contrario: me escama terriblemente ese mismo don de captarse las voluntades, empezando por la mía. Le observaré, y poco he de poder si no le arranco la careta. ¿Qué se propondrá ese tío? ¿Catequizar mejor? Porque no hay duda que con un carácter y modales como los que gasta, se adquieren amigos y ascendiente. ¿O tal vez disimular propensiones no muy conformes con el sayal? Porque o es un santo o es un hipócrita, aunque de distinto corte que los hipócritas conocidos hasta el día. ¿Te crees tú, chacho, que un hombre puede vivir así, rodeado de sirtas y escollos y sin tropezar en ellos? Pase el voto de pobreza, porque he visto que en efecto no llevaba ni con qué comprar un pitillo: pase el de obediencia, porque también los militares obedecen a sus superiores; pero lo que es el de castidad... Vamos, que si lo cumple... ¿Verdad que no cuela, chacho?

»Ya supondrás que mi tío está todo lo amartelado que puede. A decir verdad, la novia se parece una ganga para él. Este señor de Aldao no tendrá mucho parné, porque dicen que es amigo de figurar, y que la quinta le consume dinero, y que el hijo casado le da sus sangrías; pero así y todo, siendo mi tío quien es, me parece que ha logrado lo que nunca debió prometerse.

»La boda será pronto: el día del Carmen. Mi tío duerme en la casa del boticario de San Andrés: yo, como no soy el novio, tengo hospedaje en el Tejo. Ya te contaré lo que ocurra. Escríbeme, chachiño, holgazán. Ahí estarás rumiando tus oportunismos y tus componendas con todo Dios y hasta con el diablo. ¡Eres más trucha! Se me olvidaba. Rompe esta carta... aunque, con tus mañas de prudencia ya habías de hacerlo sin que yo te lo encargase.»

Había terminado, y hasta cerrado el sobre, por fortuna, cuando se metió campechanamente en mi dormitorio el aprendicillo de clérigo. A no mediar ciertas circunstancias que ya saldrán a relucir, no recordaría yo con tanta exactitud la silueta de aquel eclesiástico in fieri; pero conviene decir que tenía una especie de hocico de roedor, boquilla sin labios que al reír descubría los dientes careados y mal puestos, nariz roma y menuda como pico de garbanzo, unos ojos sorbidos hacia el meollo (el cual debía de ser poco mayor que el de un gorrión), tez blanca y salpicada de anchas pecas, rostro imberbe, cabellera, cejas y pestañas rojas. Podía clasificarse su tipo físico entre el del bobo de comedia y el mico malicioso. Dudaba yo si encontrarle cara de simple o de trasto. Al mismo tiempo había en él algo de persistencia de la infancia, tan a la vista, que impedía tomar por lo serio sus palabras ni sus acciones.

—¿Se baña? —me preguntó hablando en impersonal, según costumbre.

—¿Que si me baño

—En el mar, señor. En San Andrés. Porque yo bajo todos los días a la playa, y puedo acompañarle.

—Bien, convenido; nos remojaremos.

—Ya me parecía a mí que le iba a petar eso del baño. Su tío también se remoja todas las mañanas. Hace como el bacalao. Ni por esas está más fresco. ¡Gui, gui!

—Lo malo es que no tengo traje de baño.

—¡Ay! Yo tampuerco. Si es tan melindroso... Con irse a un rinconcillo detrás de unas peñas...

—¡Hombre!

—O con llevar unos calzoncillos de repuesto...

—Vamos, así pase.

A todas estas el cleriguín (mejor le llaMaría el monago), se arrellanó en la silla con trazas de no despegarse en toda la noche. Yo comprendí que era preciso tomarle a beneficio de inventario, y desnudándome rápidamente, me deslicé en la cama.

—¿Tiene soneca? —preguntome Serafín arrimándose al lecho y pegándome, con la mayor confianza, un pellizco monjil en un hombro y una sobadura en los carrillos. Chillé, y por instinto devolví un coscorrón formidable, lo cual le hizo estallar en convulsiva risa: «¡Gui, guifi gui guifi!». Empeñose después en averiguar experimentalmente si yo tenía cosquillas, y también si tenía mimo, para lo cual me apretó fuertemente el dedo meñique. Aquella extraña familiaridad, más propia de criatura de seis años que de hombre, y particularmente de hombre que aspira al sacerdocio, ejerció sobre mí el irresistible contagio de un desprecio cómico, y en el fondo indulgente, y amenacé al monago con tirarle una bota si no se estaba quietecito. La amenaza surtió efecto; Serafín se calmó, y echándose como un perrillo atravesado a los pies de mi cama, me dijo que no tenía sueño, que lo que apetecía era charlar un poco. Le autoricé a que charlase, y nunca se cumplió programa alguno más al pie de la letra. Salió de aquella boca un río de tonterías y despropósitos, de inocentadas ridículas, mezcladas con golpes de ciencia teológica y rasgos de malicia grosera tan certeros a veces, que me sorprendían, dejando pendiente el problema de si aquel tipo era rematado imbécil o larguísimo truhán.

—Conque de Madrí... ¡Ay, qué gusto será Madrí! Yo no fui nunca. No hay cuartos para el ferrancho-ferril. ¡Cuartos! Quién los viera. Límpiate, Serafín, que estás de huevo. Y en Madrí, ¿las calles son... así... como las de Pontevedra? ¡Ca! El empiedrado será de marmole... Bueno, ¿allí también se va la gente al otro mundo rabiando o cantando, verdad? Pues entonces no les tengo miga de envidia a los madrileros. Ante la muerte todos iguales, señorito. ¿Y usté para qué estudia? ¿Para esos que hacen ferriles y viraductos y tunantes, digo, toneles? ¡Ah! Entonces tenemos que darle vucencia. Será ministro de la ministración y me hará a mí canónigo electoral, digo, lectoral. Aunque yo sirvo mejor para penitenciario, porque soy una penitencia. Y usted, aunque llegue a ser más ingeniero que el que discurrió la condenada ingeniería, no hará la carreriña de su tío. ¡Hacer!... No, su tío sabe: es peje. Nadie le saca a don Vicente Sotopeña la nata como él. Los solares ya fueron buena tajada, y ahora le alquilan la casa para correo y le pagan de alquiler un millón de duros... ¡gui, gui! luego, cuando hay eleuciones, nos viene a jonjabar a los cerdotes... bueno, a los que seguimos la sacrosanta carrera del sacerdocio... Pero lo que le dijo un cerdote amigo mío: ¡Arre allá, vade retro, exorcizo te, que el liberalismo es pecado, y al que lo dude le paso por las narices la doctrina fundamental de fide, expuesta por el santo Concilio Vaticano! ¡Aquí no somos de esos paladares estragados por salsas mestizas! ¡Gui, gui, gui!...

—¿Y tú, cómo piensas en política? —pregunté resolviéndome a tutear al monillo eclesiástico.

—¿Yo? ¿En política? No cabe en pechos nobles más que una opinión...

—Sepamos qué opinión cabe en pechos nobles.

—Pues lo diré por boca del que supo lo que se decía: Nequit idem simul esse et non esse: ¿lo quiere más claro? Yo no soy partidario de la Iglesia liebre en el Estado galgo. Quod semper, quod ubique, quod ab omnibus.

—Habla en cristiano o siquiera en gallego. ¿Eres carcunda?

—Ego sum qui sum; es decir, ¡ojo con las mesticerías y los distingos y las transacciones! A su señor tío don Felipe se lo canté muy claro; y también a don Román Aldao, que es un valiente farolón y anda lampando por el título de Marqués del Tejo, o al menos por una gran cruz. Dicen que el yerno se la trae de regalo de boda. Vanitas vanitatis, gori gori. También el hermanito de Carmiña pide teta: ese quiere la chupandina de la Administración del Hospital... creo que engordan mucho las cataplasmas...

—Cállate, que me revuelves el estómago.

—No las catará, que el cuñado le tiene tema. No hará el caldiño con harina de linaza, ni les echará en el puchero a los pobres enfermitos gallinas de boj, para figurar. El tío Felipe es de recibo. Sirve. Y vergüenza, ni tanta. Con ir a casarse y con todo, aún corre detrás de Candidiña por la era. ¿Piensa que no? Candidiña también es doctora. Ya sabe más que muchas viejas. Ne attendas fallaciæ sapientes.

—No calumnies a mi tío, miquín —exclamé impulsado por la curiosidad, pues se me figuraba que aquel bobillo, en bastantes ocasiones, no dejaba de dar en el clavo—. ¿En la misma presencia de su novia iba a andar siguiendo chicuelas?

—Sí, sí, fíese... Si viese a otros vejestorios que ya no pueden con los calzones ir detrás de la monicaca... Vium et mulieres apostatare faciunt sapientes, como dijo el otro. La Cándida les da cuerda: y no piense que es por gastar tiempo. Le digo yo que Cándida sabe donde echa el anzuelo. A Carmiña le va a salir de detrás de una berza una madrastra.

Me incorporé sorprendido.

—¿Pero y esa Candidiña, no es... no es hija de...?

El monago pegó un chillido.

—¡Gui, gui! pensaba que... (hizo ademán de juntarlas yemas de los dos índices). No, hombre, no... Ni Candidiña ni la otra pequeña son higas de la higuera de doña Andrea... Son sobrinas... Yo conocí a su papá, que era general... digo, cabo de carabineros. La vieja cargó con ellas porque se murieron los papás. Y a fe que la rapaza... acuérdese que se lo dice Serafín Espiña... no se va tras los amoríos por la concupiscentia carnis... Esa quiere arrastrar un rabo de seda... Si vivimos hemos de ver milagros.

X

A la mañana siguiente nos bañamos en la preciosa playa; nos paseamos por San Andrés, dándonos tono, pues nuestra presencia era acontecimiento en el pueblecito, visitamos la iglesia parroquial, cogimos lapas, nácaras y bocinas, y a las nueve estábamos en el Tejo, dispuestos a despachar el chocolate. El padre Moreno no nos acompañara: prefería el baño por la tarde, pues no le gustaba prescindir de su misa. Mi tío no se había presentado aún, ni vendría hasta la una, hora de comer; y Carmiña, libre de la obligación de charlar con su novio, me prestó atención, y hasta me dio indicios de confianza y afecto.

—Anoche se retiró usted temprano porque se aburría. No sabemos realmente con qué divertirle, y si usted no procura buscarse entretenimiento... En el campo...

—No se apure por eso, Carmiña. El campo me gusta muchísimo. Nunca me aburro en la aldea. Este sitio es precioso. Hoy, tomé un baño más rico...

—¿Y esa ingrata de Benigna? ¡Cuánto siento que no venga! Es muy simpática su mamá de usted, y yo siempre la quise. Ahora... con más razón.

—Ya ve usted... A mamá no le es fácil moverse. Nunca falta que hacer por allá...

Después de estos lugares comunes, mi futura títa y yo nos quedamos hechos unos páparos, sin saber qué decirnos. Ella, al fin, discurrió un acto de cortesía y amabilidad.

—Como me trajo usted una fineza tan mona... ¿quiere ver las demás que he recibido? Las tenemos en una habitación aparte, porque si no, las chiquillas son tan curiosas y tan amigas de revolver, que... Por aquí.

Echó a andar y yo tras ella: en el bolsillo de su traje, al compás de sus pasos, sonaban varias llaves, haciendo una musiquilla graciosa, familiar. Sacó el manojo, y abierta la puerta misteriosa, descorridas las cortinas, brotaron en todo su esplendor las magnificencias del equipo.

Cuando digo magnificencias, no hay que entenderlo en sentido absolutamente literal, porque bastantes objetos olían a provincia, y otros, aunque de origen madrileño, no eran de exquisito gusto, al menos según puedo yo juzgar de estas materias. La novia iba explicándome todo. Aquel vestido de raso negro, con bordados de azabache, era regalo del novio, como también los pendientes de la perla rodeada de brillantes. Papá se había despilfarrado con un traje azul marino, seda rica, muy buena combinación de brochado; y por allí andaban los sombrerillos correspondientes. Otro traje pareció muy lindo a mis ojos profanos: de seda blanco hueso, lucía delante una sutil red que imitaba perlas, una preciosa cola, y dos grupos de hojas y flores colocados con exquisita gracia. Este —declaró Carmiña— era una inutilidad, un capricho de la señora de Sotopeña, encargada en Madrid de la elección de las galas, y que se había empeñado en que la novia no podía estar sin un traje de sociedad. Las joyas ofrecidas por el papá eran arreglo de un aderezo antiguo: había un hermoso broche y no sé qué otras menudencias. La familia Sotopeña había contribuido con un abanico riquísimo, la Vicaría de Fortuny, varillaje de concha. El hermano de la novia, un brazalete bastante cursi... Después, una serie de joyeros, álbumes, cacharros, los mil cachivaches tan vulgares como inútiles, que solo se compran y venden a pretexto de santos y bodas... Detrás de ellos, en un rincón, como avergonzado, descubrí un objeto rarísimo: una ratonera enorme...

—¿Pero quién le ha regalado a usted esto? —pregunté sin contener la risa.

—¿Quién había de ser sino Serafín? —respondió acompañándome en mi hilaridad.

—¿Pero es posible?

—Y venía tan ufano. Quisiera que usted le viese, con su ratonera enarbolada, diciendo: «Esto al menos sirve de algo».

—¿Pero ese Serafín es tonto, o loco, o qué es?

—En mi opinión, no ha pasado de chiquillo. Su corazón no es malo, y a veces tiene dichos de persona lista. Pero a los dos minutos se le va el santo al cielo, y habla mil simplezas. Acertará por ejemplo en un punto de teología o de moral —esto lo sé porque lo dice el padre Moreno— y en cambio es tan romo para las cosas más sencillas, que una vez que le pusimos delante unas despabiladeras encargándole que despabilase una vela, las cogió, las estuvo mirando, mojó los dedos con saliva, despabiló con ellos, y abriendo las despabiladeras metió dentro el pábilo, diciendo muy ufano: «¡Bien te entiendo, cajetilla!».

Nos duraba la risa de esta anécdota cuando salimos al jardín. La futura tití me enseñó las dependencias, el gallinero, los establos y la huerta, convidándome a probar la fruta del cerezo dulce, a coger flores y a ensayar los trapecios y el columpio. Por allí se apareció el padre Moreno, reposado, comunicativo, y aun bromista. Me interpeló acerca de ciertas personas que habían preferido remojarse a oír misa frailuna; de Serafín, que no había sido para hacer de acólito; de nuestro paseo triunfal por San Andrés. A su vez, no tardó en presentarse el señor de Aldao. Venía atusado, engomado, con los bigotes teñidos, el cráneo luciente como una bola de billar; pero se me figuró una ruina, bajo la sombra verdosa del quitasol abierto. Preguntome si «lo había visto todo» con el tono de un Médicis que se informa de si un extranjero ha visitado detenidamente sus palacios y galerías. Y enseguida añadió:

—¿Qué me dice usted del Tejo? ¿El Tejo famoso?

—¡Ah! cosa magnífica, sorprendente.

—¡Oh! el año pasado estuvo aquí un marino de la escuadra inglesa... Entusiasmado: empeñado en fotografiarlo. Se llevó más de diez fotografías, tomadas de distintos puntos. Don Vicente Sompeña me ha asegurado que Castelar, en el discurso de los Juegos florales, al hablar de las bellezas y maravillas de Galicia, también sacó a relucir el Tejo... Gran orador es Castelar ¿eh? Florido, sobre todo: florido.

El señor de Aldao me pareció una de esas personas que llevan la vanidad (algo escondida en los demás hombres) por fuera y completamente a la vista. Supe después que en efecto, siempre había pecado de vanidoso, y puesto la vanidad en las cosas más realmente vanas, más huecas y exteriores. Cuando joven presumía de buen mozo, del género empalagoso, con bigotes retorcidos y cejas tiradas a cordel. Luego le picara la tarántula de la nobleza, y durante una larga temporada le diera por usar a cada triqui traque el uniforme de maestrante de Ronda y soñar con el marquesado del Tejo. Al tal marquesado le hizo una corte platónica, arrimándose mucho a los gobernadores civiles cuando lo deseaba de Castilla, y a los obispos cuando lo quería palatino. Este conato de haitianismo se frustró enteramente. Ya llegado a la vejez, el poderío extraordinario, el dominio absoluto que ejercía sobre la provincia y sobre mucha parte de la región gallega don Vicente Sotopeña, habían hecho comprender al señor de Aldao que en nuestra época la importancia social no se funda en pergaminos más o menos rancios. «En el día la política —solía decir él— lo absorbe todo. El que puede repartir con la derecha confites, latigazos con la izquierda, es el verdadero personaje.» Esta apreciación había influido bastante en la buena acogida que mereció al papá de Carmiña Aldao la candidatura matrimonial de mi tío. Vio en ella el asidero por donde agarrarse a una puntita del faldón del gran Santo galaico, y satisfacer multitud de míseras ambiciones que guardaba en conserva años hacía y que ya iban avinagrándose; lo de la gran cruz, la despertadora del expediente de una carretera que dormía el sueño de los justos, y no sé qué otras menudencias relacionadas con la Diputación Provincial y la contrata.

Por mucho que descendamos a bucear en ese abismo laberíntico llamado el corazón del hombre, jamás lograremos desentrañar la razón de ciertos sentimientos inconfesables. La envidia, la competencia y la emulación, exigen, al parecer, alguna analogía, y no se comprende que estas malas pasiones se desarrollen cuando no existe la menor paridad entre el envidioso y el envidiado. ¿Ha de envidiar a la Patti una tiple de zarzuela, a la reina una modesta señora de la burguesía? Pues las envidian, no cabe duda; y desde la penumbra en que viven tratan de echar un rayito de luz que compita con el del astro. Así don Román Aldao, caballerete de provincia, poseedor de una renta mediana, se permitía a veces sus pujos de competencia... ¿con quién? con don Vicente Sotopeña, el renombrado político, la lumbrera del aula de Derecho, el famoso Santo, el gran cacique de Galicia, el jurista abrumado de negocios suculentos, el poderoso, el millonario, la influencia universal. ¿Y en qué terreno quería don Román eclipsar a Sotopeña? Pues en el de sus respectivas quintas. Don Vicente poseía en las inmediaciones de Pontevedra una especie de sitio real, descanso de sus fatigas y solaz en sus contados ocios: y cada vez que el señor de Aldao oía hablar de la soberbia villa, de su vega de naranjos, de su bosque de eucaliptos, de sus estatuas de mármol, de su capilla de estalactitas, de su magnífica verja, y de otras mil preciosidades que el Naranjal luce, torcía el gesto, se contraían sus labios con el mohín de la vanidad mortificada, y preguntaba a sus interlocutores: «¿Qué le parece a usted del Tejos? ¿De mi Tejo? Un marino de la escuadra inglesa, entusiasmado, empeñado en fotografiarlo...» etc., etc.

Embellecer su finca, a imitación del Naranjal, era pues la ilusión irrealizable de don Román Aldao. La naturaleza era cómplice de este ensueño, porque además de haber criado aquel Tejo gigante y único, desplegaba en torno de él cuantos hechizos suele desplegar en el rincón de paraíso que se llama las Rías Bajas. El Sol, el mar, el cielo, el clima, las playas, la vegetación de comarca tan espléndida, hacían que el Tejo, sin poder compararse al Naranjal en lo que depende de la mano del hombre, fuese un oasis. Puede el arte ostentarse en el campo, pero el mayor atractivo de una quinta pende siempre de la naturaleza. Don Román no lo entendía así. Del campo, no sentía la inefable dulzura y reposo que infunde olvido de la vida social, sino al contrario, la apariencia y el bullicio, las glorias de propietario y anfitrión y sobre todo, el pugilato de vanidad, tan ridícula por su impotencia. Claro está que Aldao no intentaba copiar esplendores como la famosa capilla de estalactitas, tan ensalzada por cronistas y viajeros; pero si en el Naranjal se estrenaba un amplio merendero emparrado de jazmín, pongo por caso, ya estaba don Román ideando un chocolatorio raquítico todo cubierto de madreselva. ¿Que en el Naranjal colocaban estatuas preciosas? Pues el señor de Aldao salía con sus bustos de yeso, sus «cuatro Estaciones» o su grupo de «amorcillos» y me los plantificaba en mitad de un prado o de un espaller. ¿Que en el Naranjal instalaron una estufa caliente, con sus encefalartus, sus gomeros, sus helechos, sus orquídeas? Cátate al señor de Aldao adquiriendo de lance en Pontevedra la mayor cantidad posible de vidrieras de desecho, para armar un invernáculo barato, atestado de las ya insufribles y acartonadas begonias. ¿Que en el Naranjal había mesas y bancos rústicos traídos de Suiza? Pues el señor de Aldao enseñaba al carpintero de su aldea a aserrar por la mitad las piñas y a armar con troncos de pino cada asiento y cada mueble. ¡Y por último... el Tejo!

El primer día de mi estancia en el Tejo vino a comer gente de Pontevedra: Luciano, hijo mayor del señor de Aldao, con su niño, que podría tener entonces cosa de cuatro años de edad, y un diputado provincial llamado Castro Mera, a la sazón el mayor amigote de mi tío, jefe de la fracción que representaba su política en el seno de la Asamblea pontevedresa: porque todo es relativo, y en Pontevedra había los de mi tío, y la política propia de mi tío, gobernada por los rígidos principios que el lector supondrá. Acudió asimismo el director del Teucrense, periodiquito afecto a mi tío entonces, aun cuando seis meses antes le tiraba a codillo; pero para tales cancerberos hay tortas mágicas. Hablose mucho de la consabida política local, tan menuda, que rayaba en microscópica.

El café se tomó en el Tejo. Con este motivo fijé la estación en aquel respetable patriarca de los vegetales, llamado a ejercer alguna influencia en mi destino. El tronco, enorme, rugoso, caprichosamente veteado de musgo y con la corteza, a pesar de los años, viva y sana, soportaba bien el peso de la majestuosa ramazón del gigante de la Ría, según le llamaban en estilo poético los revisteros de Helenes y los corresponsales de diarios madrileños cuando venían a veranear. La manera de crecer y extenderse aquel ramaje, su intenso y oscuro verdor, tenían algo de bíblico y solemne. Era imposible mirar al Tejo sin profunda veneración, como símbolo de la naturaleza exuberante y maternal que había dado de sí tan soberana criatura.

El Océano, enamorado de la gentileza de Galicia, la ciñe amoroso con sus olas, la besa y orla con sus espumas, la rodea, la acaricia, y tiende hacia ella una mano azul ávida de palpar las suaves redondeces de la costa: los dedos de esta mano son las Rías. En las Rías el aire es más puro, más tibio, más fragante; la vegetación más lozana y meridional. Aquel Tejo, rey, de los otros árboles, solo al borde de una Ría y en terreno fecundado por ella pudo desarrollarse con tal señorío y pujanza. Él era el verdadero monumento de la región. Daba nombre a la quinta; servía de faro a los lancheros y pescadores, cuando dudaban al orientarse hacia San Andrés; desde lo alto de su copa se dominaba la perspectiva, no solo de los pueblecitos riberanos, sino del grupo de islas, las famosas Casitérides de los antiguos geógrafos, y la extensión ilimitada de un mar casi helénico por su serenidad y belleza. Para construir en el Tejo los tres miradores sobrepuestos que lo adornaban, no se había requerido gran habilidad ni ciencia arquitectónica, bastando con aprovechar la gallarda horizontalidad de sus ramas y construir sobre tan robusto apoyo unas plataformas circulares, que guarnecía alrededor balaustre ligero.

La escalera, de caracol, encontraba natural sostén en el mismo tronco del gigante. La espesura del ramaje era tal, que desde el suelo no se distinguía a los que tomaban café o refrescaban en el segundo piso, ni a los que danzaban en el primero; y quien se encaramase al tercero, necesitaba asomarse al mirador practicado entre las ramas para ser visto. Cada piso tenía su nombre. El primero se llamaba «el salón de baile»; el segundo «el cenador» y el tercero «Bellavista». Y en casa de Aldao se oía a menudo preguntar: «¿Subiste hoy a Bellavista?». «No, me quedé en el salón de baile.» A la verdad, el salón de baile —preciso es reconocerlo aunque el señor de Aldao se desazone— no admiraba por su magnitud. Con todo, alcanzaba para que se bailase desahogadamente un rigodón, a los ecos del piano que para estas solemnidades era llevado al jardín. Y no carecía de encanto danzar bajo el toldo verde, entre paredes verdes también, que apenas filtraban la luz solar. El salón retemblaba mucho; semejante ejercicio era bailar y columpiarse.

XI

Aquel día, cuando subimos a tomar café al «cenador», donde ya a prevención había sillas, bancos y veladores rústicos en cantidad suficiente, el Tejo
estaba más atractivo que nunca. Una brisa fresca, procedente de la Ría,
hacía ondular ligeramente las ramas; el Sol, hiriendo de lleno su copa, la
doraba y arrancaba del árbol ese perfume penetrante y algo resinoso que
aumenta en nuestro corazón la embriaguez de la vida. La altura a que nos
hallábamos suspendidos podía persuadirnos de que éramos aves; a mí se
me ocurrió que los pájaros tenían bien grata morada en el seno del coloso; y
de repente, como si la naturaleza se complaciese en infundirme uno de esos
deseos imposibles de satisfacer con que ilude a los mortales, me entraron
ganas, mejor diré ansias y soledades de volar, de perderme en aquellos
espacios azules, puros e inmensos que veíamos al través de las aberturas
que siempre ofrece el ramaje. Cuando noté que estaba envidiando a las
gaviotas que allá a lo lejos descendían sobre los peñascos de San Andrés,
me acusé de insensato y haciendo un esfuerzo atendí a la conversación.

Llevaba la voz cantante, como no podía menos de suceder, el padre
Moreno, afirmando una vez más a su auditorio que él se había encontrado
siempre mejor en Marruecos que en España; mejor entre moros que entre
cristianos «de estos de por acá».

—No crean ustedes —apresurose a añadir— que en África hacemos vida
regalada los frailes. Si allí me hallo más a gusto, es porque aquella pobre
gente se desvive por uno y le manifiesta gran respeto. Yo aprendí el árabe,
aunque no como mi hermano en religión el padre Lerchundi, lo bastante
para entenderme. ¡Pues si viesen ustedes qué útil me fue! Para aquellos
infelices es una recomendación el habito. Nos llaman, en su idioma, santos
y sabios... ¡Lo mismito que por aquí!

—Más claro no puede decir el padre que le agradaría pasarse al moro
—advirtió don Román.

—Moro, ya lo fui —respondió con viveza el fraile—. Es decir —rectificó
enseguida—, ya supondrán ustedes que no me hice mahometano, ni yo digo
mahometano, esto es, sectario de Mahoma, sino moro, que significa hijo del
África; mauritano.

—Ya entendemos, ya entendemos que usted no renegó —exclamó mi futura tía con el acento de apacible y tierna broma que adoptaba siempre al dirigirse al padre.

—No, hija, renegar no: por la misericordia divina no llegué a eso.

—Pues cuéntenos cómo fue moro.

—¡Anda! ¡Caramelo! ¡Pues apenas tiene que contar! Es una historia muy larga... Si hasta anduvo en periódicos: la Revista Popular Barcelona insertó sobre eso un artículo.

—¡Ay, cuente, cuente por Dios!

No deseaba otra cosa el fraile, a juzgar por la complacencia con que se avino a narrar su historia. Echó mano al pañuelo que llevaba en la manga, y se limpió los labios del anisado que acababa de beber.

—Pues verán ustedes... Era poco antes de la Restauración, cuando andaban aquí más desatadas las cosas políticas y la república traía revuelta a toda España. Yo estaba en Tánger, bien contento, porque como les he dicho a ustedes África me gusta muchísimo. Pero somos hijos de la obediencia, y cátate que me encuentro con la orden de tocar tabletas para España... nada menos que a Madrid. Y el caso es que no se podía venir con el hábito: bonitos estaban los tiempos para hábitos, señores. Ea, Moreno —dije yo para mí—, ahora tocan a desenfrailar (por fuera) y convertirse en un caballerete... Ya saben ustedes que allí nos dejamos siempre la barba, lo cual ayuda mucho para la esencia del disfraz, porque una de las cosas en que más se conoce al eclesiástico vestido de seglar es en la rasuración. La corona la teníamos bastante descuidadilla: de modo que con abandonarla enteramente los días que precedieron al viaje e igualarla después con el resto del pelo, estábamos corrientes. La vestimenta se encargó al mejor sastre. Y los accesorios... porque el traje de caballero tiene mil accesorios... de esos se encargaron las señoras que yo trataba, y en especial las del Cónsul inglés. Estas damas me querían muchísimo, y eran personas que entendían los perfiles de la elegancia, y cómo se emperejila un señor. Ellas me prepararon calcetines, ¡de seda, bordados y todo!, corbatas, camisolas, y hasta pañuelos marcados con mi cifra. Pero todo el pío era verme puestas las galas. «Padre Moreno, después de vestido vendrá usted a enseñarme... Padre Moreno, es preciso que nosotras le demos la última mano, si no irá hecho una visión... No nos quite usted ese gusto, padre Moreno.» Yo me cuadré. «¿Soy algún mico, para andar haciendo las habilidades? A otra puerta. Lo que es del fraile no se han de reír. No me verán vestido. Si lo quieren así, bueno, y si no perdemos las amistades.» Llega el día y yo me emperifollo de pies a cabeza; no me faltaba ni el más pequeño detalle, incluso gemelos en los puños, que hasta eso me habían regalado. Me visto en el convento, y por calles excusadas salgo a tomar un barquichuelo que me lleva a bordo. ¿Pues creerán ustedes que así y todo aquellas buenas señoras se las arreglaron para verme? Al saber que iba a zarpar el vapor, se plantaron en los balcones muy armadas de gemelos marinos, y como yo estaba tan descuidado, sobre el puente, ellas me contemplaron muy a su sabor. Dicen que les parecía yo una persona diferentísima... ¡Claro! ¡pues si llevaba mi americana o cazadora, y mi cartera de viaje, y sombrero ladeado, y guantes de dos botones!

Hubo una explosión de risa en el auditorio, al figurarse al padre Moreno en tan gentil atavío.

—¿Y después, y después? —preguntó la novia interesadísima.

—Desembarqué en Gibraltar... ¡menuda rabia que me dio ver flotando allí el banderín inglés! Desde allí volví a embarcarme con dirección a Málaga. No me ocurrió cosa de mayor importancia, sino encontrarme a dos sacerdotes ingleses, católicos, y conversar con ellos en latín (porque inglés no lo diquelo) sobre los grandes adelantos del catolicismo en Inglaterra. De Málaga me fui a Granada. Francamente, rabiaba por ver esa ciudad tan hermosa, tan celebrada en todo el mundo, y por visitar la Alhambra y el Generalife. A los primeros pasos que doy, por las calles de Granada, ¡zas! me encuentro un conocido, un juez a quien trataba yo allá en Canarias, y que se me queda mirando atónito; ¡claro está! sin resolverse a dar crédito a sus ojos. Yo me fui hacia él, y no tuvo más remedio que convencerse. Nos explicamos, me convidó al café, y quedamos citados para ver al otro día juntos la Alhambra, en unión de algunos compañeros suyos de fonda. Le supliqué no les dijese que yo era fraile. Me lo prometió, y verán ustedes que aún hizo más de lo prometido. En efecto, cuando nos reunimos a la mañana siguiente, venía él acompañado de tres militares, dos médicos in fieri y un sacerdote; y al divisarme desde lejos, pónese a gritar fingiendo sorpresa: «¡Hola, Aben Jusuf. ¿Usted por aquí?». «¡Cáspita! ¡Quién contaba con usted en tal sitio y a tal hora!»

respondí yo comprendiendo el objeto de mi amigo. «Por Alá, que al salir de Marruecos no esperaba tan buen encuentro.» Los compañeros ya alborotados le preguntaban al oído a mi amigo: «Pero qué, ¿este caballero es moro?». Y mi amigo, por no mentir descaradamente, contestó: «Bien lo conocerán en el nombre: Aben Jusuf le he llamado». «¿Y es amigo de usted?» «Sí, le conocí en Canarias, donde fue a tomar unos baños.» «¡Hombre! convidarle a ver la Alhambra, por ver qué dice.» «Corriente.» Acepté el convite, por supuesto: como que lo tenía aceptado desde la víspera. Mi amigo, acercándose a mí, me tendió la mano y me dijo: «Aben Jusuf, yo le convidaría a venir con nosotros a la Alhambra; pero temo causarle impresiones tristes». Repuse, que, en efecto, había de ser triste para un hijo del desierto la vista de monumentos erigidos por sus antepasados y que ya no pueden habitar; pero que por no desairar su compañía y la de aquellos señores, iría de buena gana...

—¿Y seguían teniéndole a usted por moro? —preguntó el señor de Aldao.

—¡Vaya! Y por tan moro: por morísimo. Yo representaba mi papel con toda seriedad. A uno de los acompañantes le oí que decía a los demás: «Buen tipo de raza tiene este moro». En cada puerta, en cada ajimez, en cada patio, yo me detenía como entristecido y caviloso, pronunciando frases entrecortadas, así como una especie de gruñidos de pena: en fin, lo que imaginaba que un moro debía expresar allí. Una vez me eché mano a la barba...

—¡Ay padre Moreno! —exclamó mi futura tía—. ¡Quién me diera verle con la barba!

—¡Naranjas! ¡Verdad que no me has visto! —exclamó el fraile moro soltando el hilo de la narración—. Aguárdate, mujer, que aquí debo de tener yo... Espera... —y rebuscando en la joroba de su manga, sacó una cartera desflorada y pobre, y de ella una tarjeta fotográfica que en un momento recorrió toda la sociedad apiñada en el segundo piso del árbol. Las mujeres lanzaban chillidos de admiración y Candidiña exclamó con maliciosa bobería: «¡Qué buen mozo era, padre Moreno!». Cuando me llegó mi turno, no pude menos de convenir para mi sayo en que efectivamente resultaba buen mozo. La longitud del cabello y lo poblado de la barba acentuaban el carácter siempre franco y varonil de la figura del fraile: el cual, terminado el incidente del retrato, prosiguió:

—Pues yo me eché mano a esas barbazas que ven ustedes ahí, y con gran formalidad exclamé: «Si España continúa por el camino que ha emprendido desde hace algunos años, Alá volverá a conducir los caballos africanos a estas llanuras, que aún recuerdan en medio del desierto». Y luego me volví hacia los presentes, sin mirar a mi amigo que se volvía loco para reprimir la risa, y les dije: «Perdonen, señores, a un hijo del África; estos conceptos se me han escapado sin yo poderlo remediar...». ¡Allí vería usted a aquellos hombres entusiasmados con mi salida! «No, no, que nos parece muy bien; ole los moros simpáticos...» y otros dichos del mismo género. Pero el apuro fue citando empezaron a hacerme preguntas sobre la que ellos creían mi religión y las costumbres de mi supuesto país. A uno se le ocurrió interrogarme «si era cierto que la ley de Mahoma autoriza para casarse con muchas mujeres» y, entonces otro, oficial de caballería por más señas, saltó diciendo...: «¡Ajo! eso es lo mejor que tiene la ley de Mahoma...».

Algazara general provocó esta parte del relato. Mi tío se apretaba la frente; el señor de Aldao la cintura; Serafín hipaba; Carmiña reía de muy buen corazón y yo le hacía el dúo.

—¿Y cómo salió usted del paso, padre Moreno? Vamos a ver... que eso será curiosísimo.

—Oigan ustedes —dijo el fraile errando se hubo aquietado un poco la greguería—. Yo me puse serio, sin amoscarme, y les dije en un tono así... muy natural: «Señores, aunque nos llaman bárbaros y fanáticos, sabemos reconocer los defectos de nuestra legislación. He viajado mucho, he estudiado la constitución íntima de muchas sociedades, y pueden asegurar que nada me encanta tanto como una familia de un solo varón y una sola mujer, consagrados a amarse mutuamente y a proteger al fruto de sus amores. Ni el corazón del hombre, ni el reposo y tranquilidad de la familia, ni la dignidad de la mujer se realzan y consolidan con la poligamia. Hasta ni la sensualidad se satisface, porque... como ustedes saben... la sensualidad es una hidropesía nogal, que siempre acaba por engendrar el aburrimiento... el fastidio».

—¡Bravo, padre!

—¡De primera! ¿Y qué respondieron ellos?

—No crean ustedes que lo digo por alabarme... Se quedaron de una pieza. El oír que me expresaba así les dejó estupefactos. El oficial me miraba, y abría una boca de a palmo. ¿Y por dónde dirán ustedes que salió el bribón así que pudo recobrar su aplomo? Pues se encaró conmigo y me preguntó muy formal: «Y usted, Aben Jusuf, ¿cuántas mujeres tiene?». El auditorio soltó nuevamente la rienda a la hilaridad.

—¡Ay, qué lance!

—¡Arre, ese se iba al bulto!

—¿Y usted que contestó?

—Yo... A la verdad, así de pronto me quedé un poquito parado. Pero se me ocurrió una idea, vi como un rayito de luz... y verán ustedes como le paré los pies: «El señor (y señalaba a mi amigo) conoce mis gustos. Soy hombre que no quiere sacrificar su afición a los viajes y su independencia a la obligación de sostener una esposa y una familia. Quiero ser libre como el ave y por eso he formado, desde muy antiguo, la resolución de no casarme nunca».

—¿Y se dieron por satisfechos con esa razón? ¿No preguntaron algo más?

—Sobre eso nada —respondió el fraile—. La conversación cesó de girar sobre mujeres. Se habló de política, y ahí tenía yo el camino más expedito aún. Los mediquillos y dos de los militares, que eran más liberales que Riego, empezaron a ponderar los beneficios de la revolución. Entonces les dije que ese concepto de libertad acaso lo entendía yo, moro, de distinta manera que ellos. «Dispénsenme, que al fin soy extranjero aquí, y explíquenme cómo es que habiendo tanta libertad para todo el mundo, me han asegurado que no consienten ustedes unos hombres a quienes respetamos mucho por allá; una especie de santones cristianos que llevan túnica pardusca, los pies casi descalzos... y, se llaman... se llaman...» Chilló el oficialito: «¡Frailes!... Buenos peines están... Entre moros, que los dejen entre moros...». Yo, sin hacerle caso, proseguí: «Allá en Marruecos se les respeta mucho, y ellos contribuyen a infundirnos cariño a esta tierra española que consideramos nuestra segunda patria... Yo me admiro de que aquí (según refiere la historia de ustedes que he leído, porque soy amigo de leer) les hayan degollado bárbaramente el año 34 en Madrid y el 35 en Vich, Zaragoza, Barcelona y Valencia, quemándoles las casas... ¿Estoy, equivocado o fue así? Esto no lo ejecutamos en Marruecos con gente inofensiva dedicada a rezar y a hacer penitencia...». Ellos, callados como difuntos. Uno dio al otro un codazo y le oí que decía: «¡ves qué ilustrado es el morito!». «Nos ha jeringado», replicó el otro. Así dijo: jeringado.

—Y al fin, ¿en qué paró todo eso de la morería?

—¡Bah! Pueden ustedes suponer en lo que paró. Al regresar a Granada y meternos por las callejuelas tortuosas, cerca ya de mi posada, me volví hacia aquella gente, y dije con mucha seriedad: «Señores, lo de moro ha sido una broma. Yo no soy sino un pobre fraile franciscano, que gracias a la libertad reinante ha tenido que disfrazarse de moro para venir a su país natal. En mi verdadero ser saludo a ustedes». Di media vuelta y me largué, dejándolos más pasmados que nunca.

La aventura del fraile, referida con puntualidad y gracia, nos infundió deseos de conocer el final del viaje. El padre Moreno contó su estancia en los baños de Lanjarón, sus polémicas con un caballerete desvergonzado y boquirroto, a quien hizo callar en la mesa redonda dejándole más comedido que un anacoreta; su viaje a Madrid en un tren de segunda, siempre oficiando de moro y siempre valiéndose de su disfraz mauritano para censurar los abusos de la España contemporánea. «Como lo decía un moro», advirtió el padre, «no solo no lo llevaban a mal, sino que hacían efecto mis predicaciones. Si averiguan que era fraile, hubiera bastado para que me enviasen a paseo. Y en verdad me causaba disgusto grandísimo no poder gritar: fraile soy, fraile seré y fraile he de morir si Dios lo permite. Solo que como no iba uno a Madrid para divertirse sino para lo que le mandaban, era preciso tascar el freno y echarla de moro. Tan bien me penetré de mi papel, que ni una sola vez me deslicé a hacer un movimiento propio de fraile; jamás busqué el pañuelo en la manga, sino en el bolsillo izquierdo de mi cazadora. Hasta me parece que la morería de las barbas causaban su poquillo de aprensión a aquellos señores y que no les gustaba armar quimera con Aben Jusuf.»

Salimos del cenador cuando ya casi anochecía. Iba la novia tan radiante de animación, comentando tan alegremente el relato del padre, que cruzó por mi mente una sospecha respecto al Abencerraje con sayal. Procuré desecharla, pero formulando las ideas que me bullían en la mente, decidí:

—Del padre no será, pero lo que es de mi tío... tampoco, tampoco.

XII

Esta convicción se me impuso, y no sé si me fue grata o dolorosa. Sé que hizo en mí una especie de revolución interna, renovando aquel sentimiento de repugnancia invencible que me inspiraba mi tío, y reforzándolo con todo el desamor que creí notar en la futura esposa. A la vez me preguntaba con rabia de curiosidad: ¿Por qué se casa esta mujer?

Tres o cuatro días bastaron para convencerme de que solo la apasionada inquina de mi madre podía insinuar que en su casa trataban mal a Carmiña. Doña Andrea apenas componía papel, como no fuese el pasivo de un ama de llaves muy antigua, versada en los misterios domésticos, y bastante esclava de su trabajo. Creo que el único privilegio que disfrutaba doña Andrea en calidad de odalisca retirada, era el de sostener conversación más frecuente de lo debido con la bota del vino añejo del Borde o con la damajuana del aguardiente. Por lo demás, a la señorita de Aldao la hablaba cariñosamente, y ella a su vez mostraba confianza e indulgencia a la criada antigua. Doña Andrea no se salía jamás de su esfera propia, el gobierno interior de la casa, ni aparecía en el salón, ni manifestaba otras pretensiones más que las compatibles con su oficio. Allí la única persona que estaba fuera de su lugar, era Candidiña. Ni era señorita que pudiese alternar con la hija de don Román Aldao, ni fregatriz que viviese entre los pucheros: algo tenía de lo uno y de lo otro, y no se explicaba bien su presencia y su ambigua personalidad, admitida en la sala y excluida de la mesa. Su hermanita pequeña, más humilde, ocupaba al parecer situación distinta, sin que se justificase la diferencia.

De todos modos, era evidente que la novia de mi tío no llevaba vida de Cenicienta, ni, al contraer matrimonio, obedecía al deseo de emanciparse, de reinar en su casa, que impulsa a tantas solteras a acoger bien al primero que les dice algo de amores. ¿Pues entonces a qué? Probablemente sería a la desahogada posición, al buen porvenir indiscutible de mi tío. No podía ser otra cosa. Se casaba aquella muchacha, si no precisamente por cálculo, al menos porque no es razonable desdeñar una situación ventajosa. En esto, aunque el modo de proceder de la señorita de Aldao no me pareciese de lo más delicado y sublime, tampoco era lícito censurarlo.

Por otra parte, y convencido del verdadero móvil de los actos de mi futura tía, yo notaba en ella, al observarla diariamente, en la intimidad y franqueza que dan el próximo parentesco, la similitud de edades y la vida del campo, algo que contrastaba con los procedimientos razonables y prácticos que le atribuía. Carmiña tenía ráfagas de vehemencias y rasgos de sentimiento que delataban su natural apasionado. A ratos brillaban sus ojos, palpitaban las ventanas de su nariz y una firmeza singular destellaba en aquel rostro soñador, de ascéticas líneas. A mí se me figuraba que debajo de la superficie debía de haber fuego, y mucho fuego oculto.

Como no soy novelista, no he menester preparar hábilmente las transiciones; y como tampoco soy hipócrita, he de consignar algo que no sé si ha declarado tan sinceramente algún observador o moralista. Y es que casi siempre la primer mirada de un hombre a una mujer —hombre en mis condiciones, mozo y en disponibilidad amorosa— es mirada de curiosidad amorosa también; mirada que dice: «¿Me querría esta mujer a mí? ¿Cómo sería si me quisiese?». Esto no es un alarde de cinismo, ni hacer a la humanidad peor de lo que Dios la hizo: es indicar solamente que el instinto sexual, como todos los instintos, no descansa, aunque le reprima la razón. Si yo profesase a mi tío cariño y respeto, yo hubiera apagado sin pérdida de tiempo la voz confusa del instinto. Pero sucedía lo contrario: mi tío me irritaba, me sublevaba el alma secretamente; y al creer advertir en su novia gérmenes de sentimiento análogo, me sentía atraído hacia ella, por una fraternidad psíquica que iba derecha hacia el enamoramiento.

Sin que hubiese en mí un minuto de duda, sin que la cosa me sorprendiese lo más mínimo ni yo vacilase cinco minutos en confesármelo a mí propio (confesión siempre más fácil que la auricular), deseé y me propuse insinuarme suavemente con mi futura tía, si era posible. La tentación se apoderó de mí con tanta mayor facilidad, cuanto que no habiéndose realizado todavía el matrimonio, ni aun hubo en mi alma ese breve combate interior, ese recelo que infunde la mujer ajena.

Para decir la estricta verdad, lo que yo me propuse no fue seducir a la novia ni desbancar al novio. Sobre que el verbo seducir indica una fatuidad que yo no padezco, no soy capaz de combinar perversamente y a sangre fría lo que Luis Portal llamaba drama de familia. Lo único a que aspiré fue a averiguar si eran ciertos mis barruntos referentes al desvío interior de la novia, y si a mí podía verme con tierna indulgencia. De buena fe creí que conseguido esto, se calMaría mi inquietud.

La vida en el Tejo se prestaba a estrechar intimidades. De vuelta del baño tomábamos el desayuno dónde y cómo quería cada cual; libertad sumamente propicia a encontrarse a la novia en grato aislamiento, por el huerto o por el jardín. Costábame mucho trabajo, para lograr este propósito, desembarazarme del monaguillo, que me había cobrado afición y se me agarraba como una lapa. Quedábase él tumbado leyendo periódicos, o jugando a las damas con don Román, o cogiendo cerezas y fresas con Candidiña, y yo me escurría en busca de Carmen. Generalmente la sorprendía al salir de la capilla, donde había oído la misa del padre Moreno. Al hacerme el encontradizo, la ofrecía flores y, la daba palique. Hablábamos de lo que puede hablar una muchacha soltera: si Pontevedra es animado, de las fiestas de la Peregrina, de los bailes del Casino, del paseo, de qué tal se pasaba el invierno allí, de los amoríos y noviazgos de sus amigas, con otras insulseces semejantes, propias en mi opinión para traer de la mano algún galanteo. Tuve pretexto y ocasión para piropearla disimuladamente, ya elogiando lo bien que la sentaba su traje, o lo bonito de su pelo, ya convidándola a que se apoyase mejor en mi brazo para andar, alegando que tan grata pesadumbre no podía fatigarme. A estas insinuaciones mi tía no opuso jamás la cara feroce de la virtud. Acogía los requiebros con graciosa son risa de malicia, como si dijese: «Bueno, quedamos enterados: es muy amable mi futuro sobrino». A los ofrecimientos respondía apoyándose en efecto, sin recelo alguno, con una cordialidad decorosa. Al airecillo melancólico que adopté un día, por variar de registro, sacó ella el de suponerme enfermo y de cuidarme con solicitud, ofreciéndome toda clase de remedios físicos, cuando yo afectaba solicitar uno moral. En realidad, no encontraba brecha abierta por donde atacar aquel corazoncito.

Observé su actitud respecto a mi tío. Mientras conmigo, hecho ya el conocimiento, se manifestaba alegre y cordial, respecto a su novio demostraba, al par que sumisión y solicitud complaciente, una formalidad y corrección excesivas que podían ojos profanos tomar por encogimiento o púdica modestia, pero que a mí, vistas a la luz siniestra que alumbraba mi alma me parecieron síntomas de una frialdad absoluta.

Cuando creí hacer este descubrimiento, percibí un impulso de misteriosa simpatía hacia la casta novia. Si en efecto ella sentía por su futuro el mismo desvío que yo, ¿cuál lazo psíquico más fuerte podía atarnos? «A la novia la repugna el novio. Acaso ella misma no se da cuenta, pero la repugna. Es evidente, y esto prueba su buen gusto, su delicadeza de epidermis moral. Ya decía yo...» Después la eterna pregunta: «¿Y entonces, por qué se casa con él? ¿Por qué se casa?».

Mientras me proponía a mí mismo este enigma, no me descuidaba en insinuarme con la novia. Parecíame a mí, que lo único de que carecía para lograr mis propósitos era tiempo: faltaban días no más para la boda, y era evidente que para merecer no va la ternura, sino solamente la amistad y la confianza entera de aquella señorita se necesitaba frecuente y asiduo trato, en que cada hora diese su fruto, despacito, poco a poco, como se entreabren, al impregnarse de agua el tallo, las arrugadas y plegadas hojas de una rosa de Jericó: «Naturalmente», discurría yo al verla tan amable, pero tan reservada en cuanto toca a los asuntos del corazón, «esta mujer no va a entregarme de buenas a primeras la llave del tesoro. No es fácil que yo sepa de su boca las razones que tiene para aceptar al tío».

Entretanto, la obsequiaba, la daba bromas corteses, procurando ganar algunas pulgadas de terreno. La primer broma fue llamarla titta. Al principio esta chanza no le cayó en gracia, pero luego se resolvió a tratarme, chanceándose también, de sobrino. Así que oí de sus labios un nombre que ya suponía cierta familiaridad, volví a la carga, y pedí permiso para llamarla tití Carmen. Estos dos nombres, el primero tierno e infantil, y más aún el segundo con su fragancia de juventud y belleza, me parecieron encantadores, y desde aquel momento los vinculé en la señorita de Aldao, a quien en mi vida volví a llamar de otra manera.

Hubo una ocasión en que imaginé que tití Carmen había entrado ya en ese período en que deliberadamente o indeliberadamente reflejamos algo del ajeno sentir, y por contagio experimentamos el mal que a nuestro lado se padece. Fue una tarde en que mi tío no estaba en San Andrés, sino en Pontevedra, manejando y tocando aquel teclado de la política al menudeo que afirmaba conocer tan perfectamente. Para distraernos, don Román dispuso que saliésemos a pescar panchos en las aguas tranquilas de la ría. Esta pesca se hace en días serenos, dejando ir la embarcación muy despacio, y echando anzuelos cebados con carnada de miñocas o lombrices de tierra. Es en realidad un paseo por mar, a la hora más linda que se puede disfrutar en el campo. Nosotros ocupábamos una lancha. Tití, sentada a mi lado, me embromaba porque en mi liña no se sentía jamás el nervioso tironcillo del pez, mientras la suya no cesaba de atirantarse y de traer a la superficie panchos y alguna otra pesca menuda. Propúsele cambiar de liña, y aceptó el cambio, pero los peces no se dejaron engañar y siguieron desairándome. Aprovechándome de que Candidiña se peleaba con Serafín, y de que el padre Moreno, cuya perspicacia me infundía temor, se divertía y gozaba como un muchacho pescando y parecía distraído, me atreví a decir a la tití no sé qué boberías algo acarameladas por demás. Ella respondió sonriendo y mirándome fijamente, con mirada que yo no sabré explicar sino diciendo que parecía hecha de una mezcla de luz y angelical travesura. Si aquello era burla, sería una burla adobada con miel, adornada de rosas y sazonada con la dulce sal de la cariñosa risa. De repente, me pareció que los ojos de gloria se velaban con profunda tristeza; que de aquel pecho salía un suspiro... suspiro hondo, el cual no expresaba ni podía expresar más que esto: «Todo está muy bien, futuro sobrino, pero yo por desgracia ya estoy ligada al antipático de tu tío y resulta que no podemos entendernos. Déjate de niñerías, o tendré que decirte tarde piache».

Puso fin a la pesca el haberse venido encima la noche. Regresamos al Tejo a pie, por el camino ya conocido. Hacía Luna, esa Luna que vista en el campo parece más argentina, más triste, hasta más grande que cuando alumbra las ciudades. Tití iba delante, apoyándose en Candidiña, y algunas veces se volvía para hablar con el padre Moreno o conmigo. Para acortar, atravesamos por sembrados, y hasta nos metimos en una era arrostrando la furia de un mastín que quería probar el sabor de nuestra carne.

Al llegar al Tejo, y entrar en la sala donde alrededor de la gran lámpara giraban multitud de mariposillas y falenas, que entraban por las ventanas abiertas de par en par, tití lanzó una exclamación: «¡Ay! ¡Al pasar la era me he llenado de amores!». Comprendí perfectamente el sentido de la frase: era que se habían pegado a sus faldas esas florecillas o por mejor decir plantas erizadas de ganchos que se adhieren de tal manera que no hay modo de desprenderlas. Al punto me arrodillé y empecé a quitar amores por aquí, amores por allá. Los condenados se agarraban al paño de mi ropa; sin variar de postura, alcé los ojos hacia la novia murmurando: «Se me pegan».

De allí a poco entró por las ventanas, un negro bicharraco en quien reconocimos a un murciélago alevoso. Volando con ese aleteo torpe y fatídico propio de tales avechuchos, giró varias veces por la sala, apareciéndose en los rincones donde menos contábamos con él, y batiéndose contra las paredes o cayendo, cuando más descuidados estábamos, sobre nuestras cabezas. Risa va y grito viene, nos armamos todos de lo primero que encontrarnos: pañuelos, cubiertas de las sillas... y dimos caza al feo monstruo. Serafín fue el primero que le puso la mano encima. A pesar de los agrios chillidos que exhalaba al verse preso, el monago lo sujetó, pidió dos alfileres y extendiéndole de punta a punta las alas membranosas, lo clavó contra la madera de una ventana. Después le introdujo en el hocico un cigarro hecho de un rollo o flecha de papel, encendiéndolo con un fósforo; y mientras el animal se estremecía agonizante y convulso su verdugo le hacía mil gestos y visajes. Era una escena grotesca que nos hacía desternillar de risa, y yo me entretenía en saborearla, cuando oí a la novia preguntar impaciente:

—¡Cándida! ¿Dónde está Cándida?

La muchacha no parecía. Entonces Carmen, asomándose a la ventana, exclamó:

—¡Papá, papá! Sube... Ven a ver el murciélago que hemos cazado...

Desde el jardín contestó «voy» la voz de don Román Aldao, y el vejete entró en la sala echando chispas por los ojos, animadísimo. El suplicio del murciélago le hizo mucha gracia. Pero la novia intercedió por la víctima.

—Serafín, deja al pobre animal... Matarlo, bueno; pero atormentarlo no... ¡No seas judío!

XIII

Después de la pesca, todas las tardes vino mi tío a hacer la corte a su futura, y se desvanecieron aquellas vislumbres, acaso imaginarias, de intimidad entre ella y yo. La boda se acercaba, y notábase en la casa la fermentación que precede a los grandes acontecimientos domésticos. Una mañana fue mi tío al Naranjal, con el fin de conseguir que Sotopeña honrase con su presencia la ceremonia; pero el Santo andaba molestado de unos cólicos biliosos, y cabalmente se preparaba a salir para las aguas de Mondariz, sin que la multiplicidad de sus asuntos e importantes ocupaciones le permitiese diferir o modificar sus planes ni veinticuatro horas. Fue esta negativa un parchazo para mi tío, cuya influencia en la provincia crecería al recibir pública muestra de amistad del tutelar de la región, el hombre que alcanzaba popularidad hasta entre sus conterráneos residentes en las Antillas y la América del Sur. El señor de Aldao, en cambio, se tranquilizó cuando supo que no les visitaría don Vicente. ¿Qué opinión formaría el dueño del Naranjal acerca de las mejoras y ornato del Tejo? El instinto de conservación de la vanidad (que lo tiene, y muy grande) le dictaba a don Román el recelo de que Sotopeña pudiese reírse, allá en su interior, de las bolitas tornasoladas donde se reflejaba el paisaje, de los bustos de yeso, de los cristales de colorines de la capilla, del gran escudo de boj que dibujaba las armas de los Aldaos, del invernáculo hecho con vidrieras, y por último, de todo pormenor, requisito y aparato de la boda, finezas y convite.

A medida que se acercaba el día nupcial, y llegaban regalitos de amigos y parientes, y el novio usaba y abusaba de su privilegio de dar conversación a Carmen, yo encontraba menos pretexto para acercarme a calla, y al par era mayor mi deseo de semejantes aproximaciones.

Lo que cada día notaba mejor, era la frialdad glacial de la tití hacia su futuro, frialdad disimulada y envuelta en formas complacientes. No, lo que es en esto sí que estaba yo bien cierto; no podía equivocarme como se equivocaría otra persona menos interesada en la observación. Dos o tres veces percibí un movimiento como de desvío, un gesto de impaciencia nerviosa, en momentos en que el rostro de la mujer, sentada cerca del que quiere, se ilumina de alegría. Noté también —y esto prestaba importancia a la primer observación— que la novia no revelaba mayor satisfacción y ternura al hablar con su padre o con su hermano. Era respetuosa, cordial, afable; pero nada más: la efusión faltaba. En cambio advertí que esta efusión, imposible de ocultar, porque la delatan los ojos con su luz y la voz con sus inflexiones, la mostraba tití al hablar con el padre Moreno: en vista de lo cual hice desvergonzados soliloquios: «El frailecito no me engaña a mí. Con esos ojos tan negros, ese aire tan resuelto, ese carácter tan explícito y esos retratos barbudos... ¡Ay, ay! El tal aben Jusuf...».

Confirmé estas sospechas al cerciorarme que entre el padre moro y mi tití se cruzaban alguna vez esas ojeadas que son de inteligencia en todas partes; miradas ya rápidas y expresivas, ya largas y llenas de sentido. Diríase que el fraile y la novia trataban de ponerse de acuerdo, con algún propósito misterioso y grave. Hasta una vez en la huerta, vi que cambiaban algunas palabras quedito. «¿Se verán de noche?», me atreví a pensar. Estudiando la distribución de la casa, comprendí que era imposible. Al padre Moreno le habían dado la mejor habitación, exceptuando la destinada a los novios; y este dormitorio del padre comunicaba con el del señor de Aldao, de manera que no podría el fraile rebullirse sin que don Román lo sintiese. Al lado de mi tití dormía Candidiña y su hermana; imposible intentar escapatoria nocturna que no fuese sabida y comentada. Por este lado tampoco encontró terreno firme mi bárbara malicia. Y sin embargo, no podía quedarme duda de que se entendían el fraile y la señorita de Aldao, y andaban a cara de una ocasión de reunirse clandestinamente. Yo me di cuenta en distintas ocasiones, de estos proyectos de cita: vi a los culpables, que después de haber tomado el café intentaban escurrirse al jardín; noté que por la mañana, a la hora del chocolate, procuraban secretear en algún rincón de la galería. Siempre interrumpían su coloquio o maliciosas intervenciones mías, o jugarretas y travesuras de Candidiña, o majaderías de Serafín, o faranduladas obsequiosas de don Román Aldao. Entonces era visible en el rostro de mi tití la contrariedad. padre disimulaba mejor.

Reflexionando en lo que haría yo si me viese en el caso de ellos, vine a comprender que solo les quedaba una hora hábil para verse de ocultis: la madrugada. Con un madrugón resolvían el problema. En efecto, cuando el padre decía su misa muy tempranito, la mayor parte de los habitantes de la quinta se quedaban repantigados en la cama. En espera de que a mis dos reos se les ocurriese este ardid, empecé a darme los grandes madrugones. Me acostaba tempranito, no sin luchar a brazo partido con el aprendiz de clérigo, empeñado en darme palique hasta las altas horas. Aún no empezaba a clarear la luz del día, cuando dejaba yo las ociosas plumas, y mal despabilado me lanzaba al huerto, que a decir verdad estaba delicioso de frescura, regado por el rocío nocturno, lleno del estremecimiento misterioso del follaje al despertarlo la aurora, y embalsamado por los ligeros olores de churras, resedas y heliotropos, venidos del jardín. El ruidito de la fuente era más que nunca melodioso, dulce y alternativo, como si cayese del cielo en un tazón de cristal. Todos estos encantos me predisponían a soñar y hasta me hacían olvidarme de mi acecho. A la segunda mañana que lo practiqué, ya era para mi secundario, y madrugaba por gusto, temiendo que no conseguiría averiguar nada y que mis hábiles emboscadas no me producirían sino el recreo de ver el huerto tan deleitable. No obstante, continué madrugando, y la cuarta mañana, al respirar con deleite la primer bocanada de aire puro, se me ocurrió cuán bonito sería subir al Teixo y presenciar desde allí la salida del Sol en el mar. Mi dicho, mi hecho. Trepé por la escalera, pasé del salón de baile, ascendí hasta el cenador, y de allí a Bellavista.

Me detuve sorprendido y anonadado ante el panorama que se desarrollaba a mis pies. Delante de mí, muy cercana, la gentil ladera donde se asienta San Andrés de Louza: bosquetes de castaños, maizales, praderías, algunos molinos salpicados por las vueltas del riachuelo, a manera de broches de perlas en un collar de brillantes, que el Sol no hacía resplandecer aún. Apenas asomaba, como reflejo delator de una vasta hoguera, sobre la parte del horizonte en que se confundían mar y cielo y se dibujaba la mancha negruzca de las Casitérides. Era una luz difusa, semejante a la primer mirada todavía incierta de unas hermosas pupilas que se entreabren. La niebla la velaba todavía. Cuando los primeros rayos del globo rojo empezaron a encender el mar prodigiosamente sereno, sacudida misteriosa estremeció la superficie de las olas que se tiñeron de opulentos colores, como si la mano de algún mago esparciese en ellas oro, zafiro y derretido carmín. Al mismo tiempo el paisaje se animaba, espejeaban ya las aguas del riachuelo, y las playas de San Andrés y Portomouro surgían blancas y pulcras, como lavadas por el oleaje, con el plateado tono de sus arenas finísimas y el festón verde de sus algas. Las matas de grandes áloes en flor lucían, sobre la pureza del cielo, sus penachos amarillos. El rojo de los tejados podía compararse a pulido coral. De repente, como ave que sacude sus alas para ensayar el vuelo, la vela latina de una lancha sardinera brotó del infinito azul de la Ría, al pie de San Andrés, y tras ella fueron saliendo otras marchas, apiñadas como un bando de palomas. Yo me quedé embelesado.

No sé qué aviso interior me hizo variar la dirección de mis miradas, convirtiéndola hacia el huerto y la quinta, muda y cerrada a tal hora. El escudo de armas de recortados bojes, las canastillas y arriates de rosas, pensamientos y petunias, el bosquecillo de frutales, el pilón, parecían, desde Bellavista, dibujos de un jardín geométrico, trazado sobre el fondo de un tapiz. Los cristales de la silenciosa casa rebrillaban. De improviso...

Un suceso muy previsto por la imaginación y que racionalmente nos parece inverosímil, causa viva emoción, aunque en el fondo no nos afecte ni pueda importarnos. A mí se me apretó el corazón y se me enfriaron las manos cuando vi salir por dos puertas diferentes de la casa y casi a un tiempo al padre Moreno y a la tití. Indudablemente competían en exactitud; habían convenido en una hora fija, y ni la saboneta de Carmiña ni el cronómetro cebolla del padre, regalado por la señora del Cónsul inglés, discrepaban un minuto.

La señorita y el fraile, al verse, se acercaron vivamente como personas que desde hace tiempo aspiran a encontrarse a solas y tienen algo muy importante que decirse; y mi tití, con inesperado movimiento, se inclinó, besando la manga del padre. Luego parecieron discutir un momento acaloradamente, los dos muy serios y animados; y de repente el padre extendió el brazo y señaló al Tejo.

Yo sabía que no podían verme. Por un instinto de prudencia me había agazapado detrás del ramaje. Así es que comprendí el significado de aquella mímica. «Allí en el Tejo es donde estaremos mejor y podremos charlar más a nuestras anchas.» Hacerme cargo de esto y tener una inspiración súbita fue todo uno. Lo quería, lo necesitaba, ansiaba oír aquella conversación criminal o inocente, pero de seguro interesantísima para mí. Adiviné que lo primero que harían, antes de hablar sin recelo, sería registrar el árbol, aunque a tales horas no podían suponer razonablemente que estuviese habitado. En consecuencia, miré a mi alrededor buscando un escondrijo. El ramaje del Tejo era, a más de tupido, sólido, cerrado y adecuado para recatar a una persona; pero hacia la copa se clareaba. No vi medio de ocultarme sino bajando de nivel, es decir, poniéndome al del cenador. Donde quiera que el padre y la señorita se colocasen, a aquella altura yo podía oírlos y verlos. Bajé, pues, y salvando la barandilla y perdiéndome entre las sombrías ramas, cabalgué en la más fuerte y resistente que vi. Crujieron muchas, rompiéronse dos o tres de las más pequeñas, gimió la espesura, y algunos pajarillos salieron azorados y revoloteando para huir de mi supuesta agresión. Por fortuna el fraile y la novia pasaban entonces bajo las calles cubiertas del espaller y ni era posible que mirasen hacia el Tejo, ni que viesen aunque mirasen. De otro modo, notarían el oleaje de las ramas, comparable al de un estanque cuando cae en él la cáscara de nuez de un botecillo. Aún susurraban y se estremecían, cuando sentí por la escalera el taconeo de tití y las reverendas pisadas del padre Moreno.

Sentáronse muy cerca el uno del otro. Se habían colocado tan bien en lo alto del mirador, que les veía de frente, aunque un poco de abajo arriba; y el estar ellos en plena luz y yo en relativa oscuridad, me permitía sorprender mejor la expresión de sus caras, y la proximidad oír hasta el sobrealiento de la subida y el crujido del asiento de madera al caer en él todo el peso del padre. Él fue quien habló primero, celebrando la acertada elección de sitio y el excelente acuerdo de refugiarse allí, donde era imposible que nadie sorprendiese su diálogo confidencial.

—Verdad —afirmó la señorita satisfecha—. También a mí me parecía que o aquí o en ninguna parte podríamos hablar con libertad completa. En la huerta se descolgarían Serafín o Salustio, se nos pegarían, y ya imposible. Aunque les dé la manía de madrugar, es bien seguro que al Tejo no se les ocurre venir. ¿Y ha visto usted qué pesados, qué manera de no dejarle a uno respirar?

XIV

—Particularmente tu futuro sobrino —respondió el padre—. No sé qué tiene ese señorito, que hasta parece que nos espía. A veces me entran ganas de mandarlo al caramelo. Porque si no nos atisbasen tanto él y todo bicho viviente, maldita la necesidad que teníamos de estos tapujos, que no me agradan, hija; no me agradan, porque pueden dar lugar a interpretaciones maliciosas y no basta ser bueno, hay que parecerlo también.

—Es cierto; pero yo, si no desahogaba con usted, creo que me moría. En el confesionario no se pueden explicar bien ciertas cosas.

—Corriente, ahora ya estamos aquí; esperemos que Dios nos saque con bien de este fregado... Chiquilla, abre el corazón y di lo que quieras, aquí está el padre Moreno para oírte y aconsejarte, no ya como confesor, sino como amigo. Lo soy muy de veras... ya me conoces, basta de palabrería.

—Pues padre, yo no tengo tampoco más amigo que usted: mi mala sombra es tal, que ni con mi padre ni con mi hermano es posible que consulte, porque no hay inteligencia de las almas; hay una barrera, hay no se qué... El asunto de mi consulta creo que ya se lo sospecha usted.

El padre se cogió la barbilla con la diestra, reflexionando.

—Según me dijiste te casas por evitar mayores males... Se me figura que he comprendido...

—No, padre, no es eso... Mire usted: los males que aquí sobrevengan, yo no puedo evitarlos ya: he puesto de mi parte cuanto he podido; me he convertido en guardia civil, en policía, en esbirro, en todo lo que puede uno convertirse... papel bien desairado y bien triste a veces... pero estoy convencida de que a la mujer que no quiere guardarse, nadie la guarda, y que los caprichos de los señores mayores son más difíciles de combatir que los de los niños. Mi...

La tití titubeó un poco.

—Mi papá —dijo al fin con resolución— está como en sus quince. Ciego por tal muchacha, ciego siguiéndola, aguantándole las burlas y cayéndosele la baba si ella le hace un gesto tonto. A mí esto bien sabe Dios que no me importaría, si... al fin y al cabo...

—Tú querías que se casase...

—Naturalmente. Que no condene su alma el que me dio la vida... y a todo lo demás me resigno. Ya sabe usted la campaña que sostuve en favor de doña Andrea. Mientras ella y mi padre vivieron... así... yo aspiré únicamente a que se casasen. Tendría por madrastra a la doncella de mi madre; pero papá viviría en gracia de Dios. Doña Andrea es una infeliz, créame usted, una pasta excelente; a mí no me ha dado nunca lo que se llama una desazón; me ha cuidado con un cariño que no se lo puedo pintar a usted; solo que no tiene... ¿cómo diré?

—Sentido moral.

—Eso. Es buena de suyo; pero no distingue lo malo de lo bueno.

—A eso llamo yo —dijo el padre— ser idiota de la conciencia.

—Justo. Pues así que comprendió que estaba vieja y hecha una calamidad, le pareció lo más natural del mundo traer a casa a esa chica, con propósito sin duda de recobrar la influencia que ejercía sobre mi padre, o de que un individuo de la familia heredase ese puesto tan honorífico.

—Chiquilla, como vas a casarte... es mejor hablar claro para que nos entendamos. Antes, tu padre vivía maritalmente con doña Andrea, y ahora... ya no.

—Cabal. Ahora no.

—Pues entonces... ya no importa mucho que se case o no se case con ella tu papá. Si se ha quitado el pecado... Verdad que como vive en la misma casa, el escándalo continúa.

—No señor. Como escándalo, no. Doña Andrea está de tal hechura, que me parece que no escandaliza a nadie —dijo con sonrisa graciosa y un tanto maliciosa la tití.

—Mejor, mejor... por más que, hija, la gente para escandalizarse no mira si las caras son bonitas o feas.

—Padre, por desgracia, aquí hay o habrá muy pronto otra piedra de escándalo, y a esa es a la que miran. No crea usted que se le pasa por alto a la gente nada de eso... Ni tanto así. Se me sube a la cara la vergüenza, cuando noto que alguien repara en ciertas cosas...

—Pues tú no tienes de qué avergonzarte, hija. Para ti no se han hecho las vergüenzas —murmuró el fraile con acento tan halagüeño y cariñoso, que mi tía se ruborizó un poco, creo que de placer.

—No lo puedo remediar —balbució—. Es tan sagrado un padre, que usted no sabe cuánto se sufre al comprender que no podemos respetarlo como corresponde y como manda Dios. Yo por fuera no le he perdido el respeto a papá; pero interiormente... No, no es posible vivir de esta manera: hay momentos en que imagino volverme loca.

—¡Tururú! —exclamó festivamente el fraile—. ¡Loca nada menos! Ya te lo tengo dicho; esa cabeza tuya es un volcán. Supongo que te referirás a lo que ya me indicaste... ¡Candidiña!

—Sí, señor. Anda tras ella lo mismo que un cadete. Yo no sé qué hacer, ni a qué santo encomendarme. Estos días, con la gente y los huéspedes, se domina; pero cuando estábamos solos, todo cuanto le diga de cómo la perseguía es poco. No doy detalles, porque hasta feo me parece: bástele saber que un día vi tal escena por la mañana, que a la noche me eché de rodillas a los pies de papá, rogándole por Dios y por la Virgen que o se casase de una vez con la chiquilla o la enviase a servir fuera.

—Y la chiquilla, ¿crees tú que le da cuerda?

—Sí, señor. Cuerda sí: pero al mismo tiempo... en las cosas graves... se defiende, se defiende, y me lo deja en blanco. En fin, yo no estoy obligada a mirar por ella. Bien la he persuadido, bien la he regañado, bien la he aconsejado: la tengo en mi propia habitación: su madre no hiciera más. Lo que me horroriza es que mi padre... Y créame usted: papá está que no sabe por dónde anda. Se ha vuelto loco, loco de remate. Está perdido por la chica. En eso me fundaba yo para rogarle que se casara; pero me sale con que el mundo... y la gente... y su categoría... ¡Ah, padre, yo no puedo resistir más! No puedo.

—¡Válgame Dios! —suspiró el fraile—. ¡Qué ceguera... y permíteme la frase, qué estupidez! ¡caramelo! ¡A su edad! ¡A su edad!

—Figúrese usted que ha llegado al extremo de decirme: «No me caso porque es un desatino; pero si Cándida sale por una puerta, saldrás por otra, a casa de tu hermano»... y lo decía con un tono y un aire, que... Más lágrimas lloré aquel día, padre, que lloraría si mi padre se hubiese muerto. ¡Si se hubiese muerto! ¡Ojalá, y que fuese en gracia de Dios! ¡Mil veces verle de cuerpo presente y no así, avergonzando sus canas!

Al decir esto la señorita de Aldao me pareció hermosísima. Sus ojos centelleaban y el entusiasmo y la indignación hacían palpitar las alas de su nariz. Su seno se alzaba y deprimía a intervalos. El fraile la miraba consternado.

—¡Tienes razón que te sobra! —exclamó al fin—. ¡Cuánto mejor sería morirse que encenagarse en asquerosos pecados! Morir es la ley natural; todos hemos de pagar ese tributo... pero chiquilla, al menos no paguemos otro al demonio, para que se ría de las indecencias con que nos engaña... ¡Qué poca cosa es el hombre, hija, y por qué cochinadas va a condenarse! El pecado de Luzbel era la soberbia: mal pecado es, pero siquiera no es sucio y nauseabundo... ¡eff!... —y el fraile hizo el movimiento del que retrocede viendo un bicho asqueroso.

—Por desgracia —añadió la señorita, tratando de serenarse—, aquí hay de todo, y la soberbia toma mucha parte en el asunto. Si no fuese por la soberbia, papá se casaría con esa chiquilla que le tiene sorbido el seso: la gente se reiría un poco, es decir mucho... pero no habría delito ni vergüenza: no vería yo a mi alrededor lo que tan amargos ratos me ha costado desde que tuve uso de razón... y además... no tendría...

Aquí vaciló, decidiéndose al fin.

—Yo no tendría necesidad de casarme.

La revelación entrañaba tal gravedad que el fraile se quedó suspenso, moviendo la cabeza y apretando los labios, como el que dice para sí: «Malo, malísimo».

—De modo que tú... hablemos claro, Carmiña, que aquí en cierto modo estamos como en el confesionario. Tú no te casas de buena gana.

—Sí, señor; me caso de buena gana porque lo he resuelto, y cuando yo resuelvo las cosas... Formé la resolución el día en que mi padre me dijo que si Candidiña salía, saldría yo también de mi casa. Todo, menos oír y ver lo que tengo oído y visto. No puedo protestar de otra manera: el respeto filial me ata las manos, y hasta la lengua. Pero la sanción de mi presencia... ¡eso no!

—¿Y tu hermano? —preguntó vivamente el fraile.

—Mi hermano... Mi hermano tiene cada año un hijo... necesita dinero... mi padre le da... Ese cierra los ojos a todo... y hasta me ha regañado muchas veces porque aconsejo a papá el casamiento. Dice que si se casa puede tener más hijos y perjudicarnos. Yo alguna vez pensé recogerme a casa de mi hermano; pero su mujer no me quiere allí, ni él tampoco... No he de meterme por fuerza donde no tienen gana de mí.

El padre se quedó un rato mudo, con el entrecejo fruncido y las manos ocupadas en dar tormento a los nudos del cordón. Su fisonomía revelaba la mayor ansiedad, y tosió y respiró fuerte, antes de resolverse a tomar la palabra, como si lo que iba a decir fuese sumamente grave y decisivo.

—Pues chiquilla... —pronunció al cabo—, mi consejo aquí no puede ser otro sino el que te daría cualquier persona de mediano criterio. El casarse no es broma, ni se hace para un día. No, hija: es el paso más decisivo de la vida entera, para una mujer honrada; como eres tú por la misericordia de Dios. La verdad, ese hombre... te repugna

—Repugnarme...

Hubo otro momento de silencio, bastante largo. Yo contenía hasta la respiración. Las asperezas de la rama del Tejo se me incrustaban en las carnes, y la mano con que me agarraba al árbol empezaba a dormirse.

Al fin se oyó nuevamente la voz alterada de la novia.

—Repugnarme... No sé. Lo que sé es que no siento por él ni gran cariño, ni nada de ese entusiasmo... No se asuste, padre; yo no digo entusiasmo... amoroso. A ver si me explico o si hablo tonterías. Yo quisiera, al casarme, considerar al marido que he de recibir delante de Dios, como a una persona digna de la estimación de todo el mundo... Padre, ¿usted cree que don Felipe es... así?

—Hija, con el corazón en la mano... No he oído contar de él ningún crimen; pero tiene una fama mediana en lo tocante a manejos políticos... y goza de pocas simpatías. Esto, ya que preguntas... te lo he de decir.

—Lo de las pocas simpatías —advirtió con rara sagacidad la novia— no será por lo de los manejos políticos, porque, padre, en eso el que menos y el que más... A mí se me figura que es por otra cosa... ¿Ha reparado usted la cara de Felipe?

—Sí, la he reparado... Es... ¡Caramelo, no sé qué te diga chiquilla!

—Es de judío —afirmó la novia terminantemente—. Le parecerá a usted sorprendente que yo lo diga... No me atrevo a decirlo sino a usted. Es de judío, sí, tan clavada, que no se despinta. Por eso, al preguntarme usted si me repugna... me he quedado indecisa. Esa cara... me ha costado bastante trabajo acostumbrarme a ella. Ni le llamo feo ni bonito: solo que su cara...

Oía yo con toda mi alma, cuando, por una circunstancia ajena a la conversación, se apoderó de mí verdadera angustia. Es el caso que me figuré sentir que la rama en que a horcajadas me sostenía empezaba a crujir con cierta lentitud, como avistádome de que no estaba hecha a soportar aves de mi tamaño. No obstante, atendí.

—Pues hija —dijo el padre terminantemente—, con esa antipatía o repulsa, porque en realidad me parece que lo es, no debieras casarte. Al menos, consulta a tus fuerzas... Medita bien lo que es el estado de una mujer casada. Considera que el marido que tomes, agrádete o no, es el compañero de toda tu vida, el único hombre a quien te es lícito querer, el que va a ser contigo en una carne; así, así dicte la iglesia: en una carne. Él será el padre de tus hijos, y le debes no solo fidelidad, sino amor... ¿entiendes? te lo voy a repetir: ¡amooor! Chiquilla... reflexiona, ahora que todavía estás a tiempo no te amontones: ya sé que sería un alboroto y un ruido atroz deshacer el casamiento; pero mientras no exista el lazo indisoluble... ¡pch! son cosas que dan pábulo a las lenguas de los necios un par de días, y luego se las lleva el aire. Mientras que lo otro, hija... la muerte, solo la muerte de uno de los consortes lo disuelve. ¿Tú te haces cargo de lo que significa el sacramento del matrimonio? ¿Sabes lo que es un esposo para la mujer cristiana? Quiero que te fijes bien, chiquilla. No digas luego que tu amigo Moreno no te avisó.

Al llegar aquí un sudor frío, sudor de congoja, empezó a asomarse a mis sienes. No era aprensión, no: la rama crujía. No bastaba el peligro de una caída desde tan alto para asustarme en aquel momento: más me fatigaba la vergüenza de ser sorprendido en indiscreto e indigno espionaje. Porque entonces veía claro que el espionaje era indigno, mi curiosidad una ofensa, y mi emboscada una mala acción. Los crujidos de la madera seca, aquel sordo y agonioso ¡crrraá! ¡crraá! me decían en su lengua oscura y truncada: «Impertinente, entrometido, novelero, mamarracho». Y creía escuchar la voz recia y despreciativa del padre, abofeteándome con estas palabras categóricas: «Ya le había yo calado a usted. Ya noté que usted nos espiaba. Necio, creyó usted que todos éramos esclavos complacientes de la materia, y que esta señorita y yo... Pues ya habrá usted visto que somos dos personas decentes».

Renunciando a oír lo que faltaba del diálogo, probé a escurrirme por la rama abajo, cabalgar en otra, y, de rama en rama, descender hasta el salón de baile, y de allí a tierra. La operación, como gimnasia, no era difícil; pero imposible realizarla sin hacer ruido, un ruido que tenía que llamar la atención de los dos interlocutores y delatar al punto mi acecho. Ya los tanteos y ensayos que practiqué para medir la distancia, causaron un susurro prolongado entre el ramaje, único arbitrio: tener calma, aguantarse, no respirar, encomendarse a Dios y esperarlo todo de la firmeza y complacencia de la rama... Con este propósito hice por no apoyarme fuerte, y me quedé medio en el aire, en posición sumamente violenta. Lo que me desesperaba era no poder atender bien a la conferencia, entonces más animada que nunca. No sé si habré oído bien la última parte: se me figura que así, poco más o menos, dijo la novia:

—Claro que no podemos prescindir de la gracia de Dios; pero creo que no es vanidad el asegurarle que he de cumplir con los deberes que me impongo. ¡Si usted supiese, padre, cómo me suena a mí eso del deber...! Le digo con toda la verdad de mi alma, que si me figurase que había de faltar a él andando el tiempo, quisiera morirme seis mil veces antes. Ni mi padre, ni mi marido, ni Dios, han de tener nunca queja de mí. Así viviré... o moriré contenta. De otro modo... ¡me ahogaría! Me caso a sabiendas... las circunstancias me ponen en esta situación especial... pues a sabiendas seré buena. No quiero disculpas anticipadas. Seré buena... ¡aunque se hunda el mundo!

Ríase el lector: estas palabras me volvieron loco de entusiasmo, hasta hacerme olvidar mi posición difícil. Me levanté como para aplaudir, tendiendo las manos hacia la tití angelical. Cuando por inevitable movimiento descendí pesadamente sobre la rama, oyose un estallido formidable, que me sonó a mí como al fragor de la más desencadenada tormenta; y sin dilación comprendí que caía, que caía lentamente, sirviéndome de paracaídas el extenso y tupido ramaje, pero causándome contusiones y arañazos sin número los picos de las ramas menudas y los gallos de las gruesas. La caída se me figuró que duraba un siglo: y en medio de mi trastorno, creí oír arriba, en lo alto del árbol exclamaciones, gritos, clamoreo confuso.

Al fin mi bajada se aceleró, desgarrose no sé qué prenda de mi ropa y me aplané, la faz contra tierra, sobre el césped. No sé cuál fue más pronto, si dar en el suelo o rebotar lo mismo que una pelota de goma y echar a correr como ciervo perseguido. Lo que yo pretendía era esconderme, desaparecer, encubrir si era posible mi delito y mi ridículo fracaso. Y este pensamiento me espoleó, me dio alas y hasta creo que aguzó mi instinto llevándome a meterme en la calle de frutales, entoldada toda, refugio el más seguro pues no me verían desde el Tejo. De allí al bosquecillo no había un paso: y del bosquecillo al merendero de madreselva, cortísima distancia. A él me subí, y sin reparar en mis ensangrentadas y arañadas manos, sin notar el molimiento de la caída, excitado, loco, me descolgué por el muro, y fuera ya de la huerta, no me creí salvado hasta que, por atajos y veredas, a escape, llegué a la playa. «Coartada segura... Yo estaba bañándome.»

Y me desnudé en un periquete.

XV

El día de la boda, dos después de este episodio, me desperté con la impresión de sentir allá dentro, dentro, en el fondo de la caja torácica, el molimiento del batacanazo. A fuerza de aplicarme paños del árnica que compré secretamente en la botica de San Andrés, yo había conseguido que no se percibiesen mucho las contusiones y erosiones que tenía en la cara. De mi ropa se había rasgado tan solo el forro de la americana; menos mal. Los dos únicos testigos de la escena sin duda se habían puesto de acuerdo para callar; pero me miraban de vez en cuando, y yo sentía desagradable impresión al encontrar la mirada de Carmiña, sorprendida y severa, o los ojos del franciscano, en que me parecía notar mezcla humillante de enojo y desdén.

Por eso lamentaba tener el cuerpo tan quebrantado. «¿A que me he resentido o roto alguna cosa —pensé— y ahora se descubre el pastel por fuerza?» Con el decaimiento físico se enlazaba un estado espiritual de bastante lirismo, según demostrarán algunos párrafos de mi nueva carta a Luis:

«Chacho, no sé cómo decirte lo que me sucede. He sorprendido los secretos de mi futura tía, por casualidad, y me he convencido de que es un ángel, un serafín en figura de mujer. Con razón aseguraba el fraile que Carmiña realiza el tipo de la perfecta cristiana. Es indudable que en una mujer así hay algo que impone veneración, algo de celestial. Hice mal en dudarlo y en imaginar siquiera que no fuese una santa. ¿Y si vieses qué desgraciada, qué abnegación la suya! Te referiré lo que sucede... y me dirás si cabe mayor heroísmo, ni más dignidad. Estoy absorto desde que he penetrado los móviles de su conducta...»

Se los explicaba largamente, encomiando la resolución admirable de tití: y añadía, para concluir de descargar mi conciencia:

«También el fraile me parece bueno... Aunque sea rarísimo, me voy inclinando a que cumplirá todos sus votos. Nada, chico: los cumplirá. Existe la virtud ¡cuidado si existe! Aún hay patria... No sé lo que siento: no sé si desde que veo claro quiero más a la tití, de un modo allá muy refinado, o si ya no me importa como mujer. Lo que sé es que mi tío no merece el tesoro que le cae del cielo. ¡No encontraré yo mujer semejante, si llego a casarme andando el tiempo!»

Esta epístola la escribí la víspera del día fatal. Al amanecer este, me encontré, según iba diciendo, molido y sin hueso que bien me quisiera; con unas ganas incontrastables de quedarme así, tumbado boca arriba, sin moverme, ni pensar; ni resollar siquiera. Pero el maldito monaguillo entró en mi cuarto con sus fueros y sus niñerías habituales, y vino derecho a alzar las sábanas.

—¿Qué tiene? —preguntaba—. ¿Se le ha caído la paletilla? Está como los gatos cuando se estrellan al saltar de los tejados. ¿Qué le duele al señorito? ¿le doy unas friegas?

Me levanté penosamente, y amenazándole con el puño cerrado, exclamé:

—Como hables de caídas...

—Bueno, hablaremos de lo que usía disponga... ¡Ne in furore tou arguas me!

—Voy a argüirte con un zapatazo si no callas...

—Ey... no vale arrimar piñas. Arribita, que ya están poniéndole cascabeles a la noria... ¿No oye la orquesta del teatro Real, Imperial y Botánico? Pues bien que toca.

En efecto, del patio subían norias ligeras, campesinas, rápidas, notas que parecían danzar con alegría pastoral. Eran los gaiteros afinando y preludiando la alborada. Aquella música fresca, jubilosa, me oprimió el corazón. Haciendo un esfuerzo, puse los huesos de punta. Parecíame notar en el pecho una especie de malestar depresivo, algo como si tuviese allí una piedra de mucho peso, de estorbo intolerable. Sacando fuerzas de flaqueza me lavé, me vestí lo mejor que pude, y bajé a desayunarme. Otro tanto hacían la mayor parte de los convidados a la boda. Noté que el señor de Aldao estaba inquieto, y supe que su inquietud provenía de una carta recién llegada del Naranjal. Escribíala, en nombre de don Vicente Sotopeña, su ahijado y protegido Lupercio Pimentel; el cual, después de muchas y muy corteses felicitaciones y grandes protestas de amistad hacia mi tío, se declaraba comisionado por don Vicente para asistir en su nombre, ya que no a la ceremonia, a la comida. Y aquí de los apuros de don Román, temeroso de que no hubiese todos los perfiles que requería la presencia de tan importante persona. Casi hubiera preferido Aldao tener que habérselas con el mismo Santo. Este al fin era la quinta esencia de la llaneza, y en dándole platos regionales y bromas en dialecto, de seguro que en ninguna falta repararía. En cambio el ahijado... ¡Dios sabe! Joven, elegantón, acostumbrado a los festines de la corte...

Despachado el chocolate con cierta anarquía, entramos en la sala, se oyeron en el pasillo voces femeniles, dos o tres risas, y apareció la novia rodeada de varias amiguitas pontevedresas convidadas a la ceremonia y seguida de Candidiña, de doña Andrea, de la chiquilla, que se atropellaban para contemplarla mejor.

Carmiña Aldao venía pálida, ojerosa, febril: sus ojos negros tenían el párpado oscuro, cárdeno, como después de una noche de insomnio. Lucía el traje blanco con la red de perlas, mantilla negra sujeta con joyas, un ramito de azahar natural en el pecho, tan rico pañuelo, guantes largos, devocionario y rosario de nácar. Después de saludar a su novio, que le dio los buenos días algo cohibido, y de sonreír a los demás, se quedó sin saber qué hacer, plantada en mitad del saloncito; pero cuando el señor de Aldao, a un movimiento de cabeza de mi tío Felipe, contestó diciendo: «Vamos», la señorita se adelantó y con sencillez y viveza se acercó a su padre. «Perdóname si en algo te he ofendido —le dijo en voz vibrante, aunque contenida— y clame tu permiso, para que sea feliz.» Al pronunciar estas palabras, clavó en su padre una mirada elocuente, profunda, casi terrible a fuerza de concentración. El señor de Aldao volvió la cabeza, murmurando un «Dios te bendiga». Creo que noté en sus pupilas cierto brillo... Hay cosas que crispan los nervios. Las amiguitas se dedicaron a arreglar a la novia los volantes, a recoger las perlitas del bordado, algunas de las cuales andaban por el suelo ya. Y sin darnos el brazo, en formación desordenada, nos encaminamos a la capilla.

Esta estaba fragante de flores, toda tapizada de helecho y anís, iluminado el altar con infinitos cirios. La ceremonia fue larga, porque se casaron y velaron a un tiempo. Escuché el claro sí de la esposa, y el opaco del esposo. Oí leer la que todo el mundo llama epístola de San Pablo, aunque no lo sea. Allí el marido era asimilado a Cristo, la mujer a la Iglesia; y en confirmación de esta superioridad viril, la bordada estola cayó sobre la cabeza de la novia a la vez que sobre el cuello del novio. Carmiña Aldao, cruzando las manos sobre el pecho, inclinó la frente sometiéndose al yugo.

Había entre el concurso de espectadores aldeanos y aldeanas, venidos por curiosidad, y que se empujaban, con murmullo respetuoso, a fin de ver algo por encima de las cabezas del señorío. Cuando se hubo terminado la misa, estallaron los cohetes, las gaitas del país dejaron oír su ronquido característico, y la gente se agolpó, saliendo en tropel, la novia rodeada de sus amiguitas, que pellizcaban pétalos y gromos de azahar, y la besuqueaban. Aquel fue un momento embarazoso. ¿A dónde ir; qué hacer; con qué entretener a la reunión? Castro Mera, que era joven y animado, propuso que nos trasladásemos al Tejo, que sacasen el piano al jardín y que armásemos baile, mientras los novios y el padre Moreno se desayunaban, pues por la misa y la comunión no habían podido hacerlo.

Aceptaron la idea. Aún no había empezado el baile, cuando volvió a aparecer la novia, ya sin mantilla; había tomado un sorbo de chocolate: y venía a cumplir sus deberes de sociedad. El primer rigodón lo tocó ella, desde el jardín. El segundo una señorita pontevedresa y Castro Mera lo bailó con la que ya puedo llamar «mi tía» propiamente. Después una señorita de San Andrés propuso un vals de vueltas. Yo había bailado los rigodones a rastras, solo porque no cayesen en la cuenta del molimiento y dolor de mis costillas; pero apenas oí vals, me pasó por la mente un verteriano relámpago. «La abrazaré antes que la hayan tocado los brazos de su novio.» Y levantándome con ímpetu, olvidado ya del resentimiento de la caída, la propuse el vals. Se negaba sonriendo, pero las amiguitas la empujaron, y entonces, haciendo un mohín a manera del que dice «Así como así ya es la última vez», colocó su brazo izquierdo sobre el mío y dejó que con el derecho rodease su cintura.

Al estrecharla olvidé la fatiga, el molimiento y comprendí por repentina intuición que estaba más prendado que nunca de aquella mujer, irremisiblemente ligada ya a otro hombre. El tenerla así enlazada —en aquel camarín vegetal, aromático, espolvoreado de oro por el Sol que a veces colándose entre las ramas, lanzaba una juguetona estrellita de luz entre el pelo o en la frente de la novia— me volvía loco. Notaba las delicadas líneas del cuerpo airoso de Carmiña; sentíme bañado en su aliento, y la disparatada idea que revoloteaba en torno mío se convirtió en sentimiento tan vehemente que necesité reprimirme para no estrechar a mi pareja, haciéndola daño. Mi arrebato era no obstante de lo más puro y elevado que se ha visto en esto de arrebatos amorosos. Yo sentía una ilusión celestial, si me es dado expresarme así; una ilusión divina, noble en su origen y en su desarrollo. Lo que me exaltaba era pensar que tenía allí en mis brazos a la mujer más santa y pura de la tierra y que esta mujer, aunque perteneciente a otro, estaba todavía virgen, intacta, como el cáliz de una azucena, como el propio azahar que llevaba prendido aún en el pecho, y que al empezar a marchitarse, despedía aroma más fuerte y embriagador.

Girábamos con gran suavidad, y entre vuelta y vuelta creo que la dije: «Ya somos parientes: ¿puedo tutearte?».

—Naturalmente: solo faltaría que me dijeses de usted con mucha política.

—¿Te enfadarás?

—No. ¿Por qué?

Guardé silencio. Los pliegues de su traje de seda me acariciaban las rodillas, y sentía el corazón, agitado por el movimiento del vals, latir fuertemente.

Entonces, con impulso invencible, ascendió la verdad a mis labios.

—Tití —murmuré—, perdóname, yo me he portado mal contigo. ¿No sabes? Fui un indiscreto... ¡Pero me alegro tanto, tanto! Porque ahora conozco todo lo que vales tú... y mira, lo conozco tanto, que estoy como loco. ¿No ves?

—Calla, tonto —articuló ella algo acortada de respiración por el movimiento del vals—. Si fuiste indiscreto... ¿qué quieres que te diga? Hiciste muy mal.

—Ya lo sé —respondí compungido—. Por eso te digo que me perdones. Perdóname, anda. ¿Me perdonas?

—Bueno —dijo ella como el que accede al antojo de un niño.

—¡Qué santa eres! —exclamé arrebatadamente, en voz baja y honda.

Dimos algunas vueltas más. Nos mareábamos de girar en aquel sitio tan estrecho. Ella se detuvo un instante. Entonces la pregunté:

—Tití, ¿piensas bailar más en tu vida?

—No. Este es el último vals. Las casadas no bailan.

—¿El último?

—De seguro.

—Pues dame por Dios y por la Peregrina, ese ramito de azahar. Dámelo.

—¿Para qué lo quieres?

—Dámelo... Si no haré cualquier estupidez.

—¡Toma, sobrino! —exclamó deteniéndose— y no vuelvas a esconderte en los árboles.

Guardé el ramo como el ladrón la robada presea, y miré a mi tití calando la mirada hasta el fondo de los ojos. No me pareció notar en ella severidad ni cólera al hacerme aquella franca declaración de haber sorprendido mi diablura. Un poco de pudor alarmado se veía, sí, en sus pupilas; pero este continente grave lo templaba la media sonrisa y la animación de su rostro encendido por el movimiento del vals. Por mi gusto, el tal baile no se concluiría nunca. Silencioso ya, porque la fuerza de mis sentimientos me ataba la lengua; arrebatado al quinto cielo, incapaz de reprimirme, debí de apretar convulso la delgada cintura... porque de improviso se detuvo mi Tití, y con rostro demudado y voz firme pronunció:

—Basta.

XVI

No nos sentamos a la mesa hasta las tres de la tarde. En el comedor apenas se cabía, pues lo ocupaba casi todo la inmensa mesa en forma de herradura, guarnecida por simétricos jarrones con flores y ramilletes de dulce. Yo no sé cómo había ido reuniéndose gente y más gente en la boda: de suerte que los convidados pasábamos de treinta. Había allí mucho señorío de San Andrés, mucho cura, mucho médico, el ayudante de Marina, dos o tres propietarios rurales, alcaldes, caciquillos, señoritas, amigos políticos de mi tío, y hasta el buen don Wenceslao Viñal, que se colocó a mi lado por gusto de tener a quien hablar de sus chifladuras arqueológico-históricas.

Lupercio Pimentel, el ahijado de don Vicente Sotopeña, ocupaba el puesto de honor, a la derecha de la novia. Era apuesto, correcto, bien hablado, cordial y bromista al modo que lo son los políticos de este período actual, que reemplazan la influencia de las ideas y los principios con la de las simpatías personales que suman incesantemente. Desde que empezó la comida, noté que no perdía ripio, que trataba de atraerse a aquel auditorio, a aquellos elementos, como diría él. Tendió la vista en derredor, e inclinándose hacia mi tío por encima del hombro de la novia, le oí que murmuraba:

—¿Y el alcalde de San Andrés, cómo no está aquí?

—Hombre... —respondió mi tío— le tenemos así, tan de esquina con nosotros...

—Por lo mismo, por lo mismo. Conviene que luego el amigo Calvete le ponga entre los convidados —añadió señalando al director del Teucrense, que se inclinó lisonjeadísimo.

Después de reflexionar un momento, añadió Pimentel:

—Que vayan a buscarle dos... Que le traigan por fuerza si es preciso: Con que llegue a los brindis...

Levantáronse dócilmente Castro Mera y el ayudante de Marina, bajo un Sol abrasador salieron camino de San Andrés, a fin de traernos el elemento desperdigado y refractario.

Mientras servían la sopa, el ahijado del Santo hablaba a media voz con el novio, pero de manera que sus palabras produjesen impresión en el público.

—Cánovas se ha hecho imposible... Tiene contra sí a la opinión sensata... La Regencia no es viable con él... Una situación conservadora no sería viable...

Se me figuró, no sé por qué, que algunos de los presentes no comprendían el sentido de la palabra viable; pero en fin, se daban cuenta de que no ser viable era cosa mala y perjudicial en grado sumo para Cánovas; y cuando Pimentel dijo que los de Pi eran partido un utópico, eso sí que lo entendieron muy bien y hubo murmullos de aprobación a la redonda.

Yo apenas oía. Estaba en el Tejo, valsando, sintiendo a cada vuelta cimbrearse el piso y temblar con prolongado susurro el ramaje verde... Al segundo plato fue preciso salir de mi abstracción, porque el aprendiz de clérigo, sentado a mi izquierda, salió con el registro de pellizcarme, empujarme el codo y oprimirme el pie a cada palabra que Pimentel decía. No sé qué hierba habría pisado el tal Serafín: acaso los dos vasitos de rico tinto del Borde que se atizara al tragar la sopa, estimularon su empobrecida sangre y le sacaron de su infantil sosera convirtiéndole en satírico mordaz: lo que afirmo es que al par de los codazos y pisotones, dio en soltarme observaciones tremendas, dignas de un Juvenal con sotana.

—Mire —me decía pasito— el mayor milagro del Santiño milagroso. Hacer de este un grande hombre. ¿Qué le parece, Salustio? ¿Y qué me dice de la poca vergüenza que tenemos los gallegos? Dejamos desierto el templo del Señor, y adoramos al becerro de oro... feceruntque sibi deos aureos! No van en roncería a Nuestra Señora de las Nieves... y van al Santo de las naranjas por mamar destinos, por chupar turrón... Van todos, ni uno falta... Quien no va de vivo irá de muerto... usted no escapa. Ya le rezará al Santiño milagroso. Y si no le reza... más que invente puentes imánticos o carreteras eléctricas... maldito caso que sus paisanos le han de hacer. ¿Quién le manda no ser Santo también, tonto?

Afortunadamente la extensión de la mesa, el número de los convidados y el zumbido de las conversaciones impedían que se oyesen los disparates que ensartaba el mico eclesiástico; pero yo no pude contener la risa al notar el azoramiento de don Wenceslao Viñal, colocado a mi derecha. Acababa el Santo de obrar uno de sus milagros con el bienaventurado arqueólogo, inventándole un sueldecillo de bibliotecario de la Diputación; y el terror más profundo se pintaba en sus espantados ojos. ¡Si Pimentel oía aquellas barrabasadas y se las atribuía a él! A pesar del habitual sonambulismo de los ratones de biblioteca, Viñal aguzaba las orejas advirtiendo el riesgo horrible que corrían sus benditos seis mil reales...

—Salustio —me suplicó angustiado— haga callar a ese majadero... Está poniéndonos en evidencia... Por las benditas ánimas...

La excitación de mis nervios me impulsó a llevar la contraria al pacífico erudito. Yo también me sentía inclinado a la censura agria y pesimista. Lo que me irritaba era el aspecto de mi tío, rebosando satisfacción, haciendo la corte a Pimentel más que a su novia; brindándole la función al protector de sus desastrosos manejos. «¡Gente rastrera! —pensaba yo— si queréis inclinaros, inclinaos enhorabuena ante el padre Moreno, que representa el sacrificio de la vida en aras de una idea; ante esa recién casada, que personifica la virtud y el deber, pero ante el que no tiene más mérito que repartir la sopa boba... También a mí me entran ganas de desahogar. Serafín no va descaminado.»

No sabiendo cómo dar vado a mi impaciencia, y sin hacer caso de Viñal que me tiraba de la manga, aproveché la primera coyuntura para contradecir a Pimentel. Creo que fue a propósito de Pi, de las utopías y de las cosas viables o no viables. Causó general asombro el que yo me atreviese a alzar la voz de tan inconsiderada manera, y mi tío me miró con una expresión que redobló mis bríos.

—¿Que no es viable la república aquí? ¿Y por qué, vamos a ver? Lo que no puede prolongarse es la anarquía mansa en que vivimos... Padecemos los inconvenientes de la monarquía, y no nos alcanzan sus ventajas. No hay cohesión, no hay unidad, y las costumbres políticas han llegado a relajarse de tal modo, que el hombre de Estado que aspira a dar ejemplo de moralidad, se pone en ridículo, y el que tiene convicciones, ídem.

Pimentel se volvió hacia mí, respondiéndome con calma y cortesía: «Lo que usted desea, y que en el fondo todos deseamos, en otras razas, en razas del Norte, ¡ipssch! podría ser; pero aquí, con la sangre árabe que llevamos en las venas y nuestra eterna indisciplina... ¡oh! imposible, imposible...». Nadie más ardiente defensor de las libertades que él; conocidos eran sus sacrificios... (todo el mundo asintió) pero no confundamos, señores... no confundamos, señores, la anarquía y la licencia con la libertad justa, racional, viable. Los países del Norte producen hombres de Estado porque las multitudes están educadas ya para las libertades políticas; es una transmisión hereditaria, digámoslo así; hereditaria. Y si no, vean ustedes las teorías de Thiers, la opinión inglesa...

Yo, no sabiendo por dónde salir, me agarré a Thiers como quien se agarra a un clavo ardiendo.

—Será la opinión francesa, señor mío. Porque usted no ignorará que Thiers...

Hice de propósito una pausa, durante la cual mi adversario me miró con cierta ansiedad.

—Que Thiers era francés.

El cura de San Andrés, desde un rincón, lanzó tímidamente:

—Claro que era francés. Como que fue el que pacificó a Francia después de la Commune.

Dirigiendo la vista alrededor para juzgar del efecto de mis palabras, vi el rostro del señor de Aldao que expresaba desaprobación y sorpresa, el de mi tío, sofocado de cólera; y el del padre Moreno, alegrado por una picaresca sonrisa. Pimentel replicó, algo desorientado:

—Desde luego que era francés... No se trataba de eso, me parece... Decíamos que la opinión inglesa... porque no hay duda, Inglaterra es el país del self... del self governement, como demostró con mucho acierto el distinguido Azcárate... y nosotros... nuestra idiosincrasia... Implanten ustedes aquí lo que en naciones más... No resultará viable: porque todo gobernante ha de tomar muy en cuenta las tendencias ingénitas de la raza...

—Todo eso es palabrería —argüí—. Generalidades que nada prueban. Concretémonos, si usted gusta. No tratamos de razas. Se habla de la República española, con la cual el que más y el que menos de los que hoy, mandan tenía adquiridos compromisos y que entregaron por treinta dineros como Judas. ¿Harían otro tanto si la Restauración no les hubiese abierto el presupuesto de par en par?

Solo comprendí la impertinencia de mi agresión al oír a Serafín que, batiendo palmas, exclamaba con destemplado chillido:

—Por ahí, por ahí... Gui guii. ¡Por ahí duele!

Pimentel, limpiándose el bigote con la servilleta, se volvió hacia mí, y en lugar de responder enojado, me dio la razón sonriendo.

—Es muy cierto, señor Meléndez. El tacto de la Restauración al aceptar los elementos revolucionarios, ha hecho viable lo que acaso en otras circunstancias...

Interrumpió el período la llegada del alcalde de San Andrés, a quien traían medio a rastras los dos comisionados del joven personaje. Todos debían de haber subido muy aprisa la cuesta, porque venían sofocadísimos. El alcalde sudaba a chorro y se limpiaba las mejillas con un pañuelo enorme. Tartamudeó algunas frases para decir que él «no se consideraba llamado a sentarse en tal banquete» y Pimentel, hecho un azúcar, le apretó la mano, le buscó sitio a su lado, no perdonando medio de captarse la voluntad del adversario político.

Yo no sabré decir cómo era el menú de aquella pesada comida. Me parecía que iban saliendo todos los platos que en libros de cocina figuran, y que la torpeza de los criados, su inexperiencia en servir, prolongaban el convite indefinidamente. Lo más difícil de sujetar a inventario serían los postres, los licores, los vinos, los interminables pasteles, los amazacotados dulces de Pontevedra, las tartas enviadas por Fulanito y Menganito, los cuales estaban presentes y a quienes no se podía desairar.

Yo bebí cinco o seis copas de champaña; pero no me produjeron otro efecto sino un recrudecimiento del espíritu batallador que me había inducido a provocar a Pimentel. Me sentía guerrero, agresivo, quijotesco, deseoso de arriarla con todos y contra todos. Y bajo aquella efervescencia singular, notaba yo el latido sordo de una pena muy recóndita, especie de nostalgia de algo que me parecía haber perdido. No acertaría a explicarlo: era de esos sentimientos sutiles y punzadores que a veces no corresponden a las necesidades profundas de nuestra alma, sino a ciertos antojillos de la fantasía defraudados por la realidad. La novia —a quien miraba de cuando en cuando a hurtadillas— tenía el semblante abatido y fatigado; probablemente no era sino cansancio del largo festín, pero a mí se me figuraba que era tristeza, la amargura del cáliz, el ante sabor de las hieles del trago... ¿Y por qué no? ¿No existía la conversación en el árbol? ¿No me constaba que mi tío le inspiraba repugnancia indefinible, y que solo por cumplir un deber moral, el imperativo categórico de su fe, se había acercado al ara, verdadera ara de sacrificio? Yo quería a toda costa penetrar en su alma, ver por dentro aquel espíritu gentil y doliente. ¿Qué pensará? ¿Qué esperará? ¿Qué temerá la blanca novia?

Entretanto el champaña, que a mí solo me había exaltado la imaginación, surtía sus efectos por la mesa, y no faltaban caras sofocadas, ojos que echaban chispas, voces algo descompasadas e injustificadas locuacidades, excesivas y vehementes, risotadas de alto diapasón y efusiones sin causa. Pimentel, siempre irás correcto y dueño de sí que los demás, también se animaba, hablando con mi tío de un gran proyecto, que había de hacer época en los anales del partido Sotopeñista: la procesión de la Divina Peregrina convertida en manifestación imponentísima, don Vicente en persona llevando el guión, Pontevedra y sus cercanías, en siete leguas a la redonda, despoblándose para alumbrar y escoltar a los númenes de la provincia, la Virgen y el Santo milagroso... Algunos curas atendían, se entusiasmaban con el plan, y exclamaban por lo bajo: «Muy bien... lo primero los sentimientos católicos, hombre». Castro Mera estaba empeñado en defender las excelencias del derecho; un señorito de San Andrés desafiaba a otro de Pontevedra a quién se bebía más curasao; el ayudante de Marina disputaba con el alcalde sobre aparejos de pesca prohibidos; Serafín reía convulsivamente, porque Viñal sostenía con gran tesón que él poseía documentos comprobantes de cómo Teucro había fundado a Helenes, y hasta se jactaba de conocer el sitio en que Teucro podía estar enterrado. El señor de Aldao determinó levantar la sesión diciendo a los convidados que no se molestasen, que él iba a enseñarle a Pimentel la finca y a tomar un poco el fresco. Fuéronse la novia del brazo de Pimentel y el novio y suegro muy compinches.

Con su marcha, la animación de la mesa subió de punto, y la algarabía fue tal, que allí no se entendía nadie. Unos disputaban, otros reían, otros argüían descargando puñadas sobre el mantel, ya manchado de vino y salpicado a trechos del huevo hilado que se caía de las tartas o de pedazos de fruta en dulce. En los platillos se derretían fragmentos de queso helado, mezclados con ceniza de cigarro. Ya nadie comía; solo se bebía haciendo gasto extraordinario de licores y vinos dulces. El señorito de San Andrés, el de la apuesta, había tenido que asomarse a tomar el fresco en la ventana, y en cambio el de Pontevedra, impávido a pesar de la prodigiosa cantidad de copas sorbidas, se entretenía ahora en sacar de sus casillas a Serafín. Ya le había hecho beber media azumbre de anís del Mono, y ahora se entretenía en echarle, por un barquillo puesto a manera de embudo, Jerez y Pajarete, todo mezclado.

El monago protestaba unas veces, tragaba otras y en su rostro pálido y desencajado notábamos los efectos del alcohol. Hubo un momento en que se formalizó, y gritando con voz becerril: «No más, no me da la gana, cebolla, piñones, quoniam, ¡que no soy esponja!», rechazó la mano y el Jerez le vino a caer sobre la pechera, empapándosela toda. De repente su palidez se convirtió en rubicundez apoplética, y subiéndose encima de la silla, dio en perorar.

—Señores, hago muy mal en estarme aquí. Bien empleado que me ahoguen con Pa... Pajarito... o con otro veneno liberal. Ustedes son liberales; la primera se prueba per se... per se...

—¡Per só! —chillaron Castro Mera y el ayudante.

—El ser liberal constituye un pecado mayor que ser homicida, adúltero o blasfemo... Esta segunda la pruebo con Sardá y los padres de la Iglesia en la uña... Luego yo, que bebo Pajarito con ustedes... estoy incurso en excomunión mayor latae sententiae! ¿No sabéis lo que dijo un pájaro gordo en la jerarquía eclesiástica? ¿No lo sabéis, piñones? ¡Gui, gui! Pues dijo: «Cum ejus modi nec cibum sumere». ¿Eh? Me parece que bien claro lo cantó. Cum ejus modi nec Pajaritum su... sum...

Yo le miraba con curiosidad. No podía dudar que por momentos aquel escuerzo era sincerísimo en sus alharacas, y que salía de su pecho a borbotones un sentimiento real. Se creía el monago nada menos que un apóstol y hablaba amenazándonos a todos con los puños cerrados. Sus gritos fueron haciéndose muy roncos; su garganta se apretó, y sus ojos, como dos bolas blancas, salieron de sus órbitas. Después de una gesticulación frenética, pasando de la elocuencia que demuestra a la violencia que contunde, enarboló la botella que tenía delante y nos amenazó con tirárnosla a la cabeza. Lo que encendía su furor eran los proyectos de procesión cívico-política de Pimentel. Aquello le sacaba de quicio. ¡Extraños efectos de la curda! Tan borrego, manso y humilde como parecía el pobrete aprendiz de teólogo cuando se encontraba en su estado normal y libre de la influencia de los espíritus parrales, tan belicoso y propagandista se volvía bajo el influjo del alcohol. Nos dijo a todos horrores y se desató principalmente contra Soto-peña. Vi el instante en que todo aquello se iba a poner feo; porque Castro Mera, algo alumbradillo también, emprendió a voces y manotadas la defensa de las ideas políticas que atacaba el cleriguín; y como este respondiese con desaforadas invectivas, o por mejor decir, injurias manifiestas, de repente le vi espumar por la boca, oí su risa timbrada por la insensatez, y noté que sus puños se crispaban y que sus dedos errantes buscaban al través de platos y copas un arma, un cuchillo. Refrené a Castro Mera, diciéndole por lo bajo: «Es un ataque de epilepsia como una casa». En efecto, Serafín se retorcía ya entre brazos de los que pretendían sujetarle. Con fuerza hercúlea, o más bien con formidable tensión nerviosa, momentánea virtud del aura epilep-tiforme, a patadas, a mordiscos, a puñadas, se defendía lo mismo que una fiera, y hubo momentos en que creímos que podría más que todos nosotros juntos. Al fin logramos atarle las manos con una servilleta; le inundamos de colonia, de agua fría, de vinagre; le cogimos por los pies y por los hombros, y no sin trabajo le subimos a la torre y le echamos sobre su cama, sumido, al parecer, en una modorra que interrumpían a veces cortos espasmos.

XVII

Bajamos al jardín: la tarde caía ya, y no venía mal la brisa fresca para despejar las cabezas acaloradas. Yo creía no tener ni sombra de lo que por borracheras se entiende: y sin embargo atribuí el extraño peso que notaba en el corazón, la infinita melancolía que se apoderó de mí, a los efectos del vino, que a veces producen ese doloroso tedio, cayendo en el alma como piedras en la hondura de un pozo. Aquella gente alborotada, alegre, bromista, que tomaba la boda como un fausto acontecimiento, me producía no sé qué fastidio y aborrecimiento inexplicable: parecíame no haber tropezado nunca con personas tan antipáticas. Se esparcieron por la finca gozando y riendo, y yo procuré quedar a solas con mis negros pensamientos y mis lúgubres ideas. La imaginación se me ponía más negra cada vez, como si alguna enorme desventura pesase sobre mí. Dirigime por instinto a lo más retirado de la huerta, y abriendo la puertecilla carcomida que comunicaba con el soto, la crucé con ímpetu, hambriento de silencio y soledad. Una voz clara y enérgica pronunció: «¿A dónde va usted, caballero Salustio?». Y en voz y frase conocí al padre Moreno. El fraile estaba sentado en un banco de piedra, apoyado contra la tapia, y leía en un libro, ocupación que suspendió al verme.

—Aquí me vine —dijo— buscando un sitio a propósito para hacer mis rezos de costumbre. Ya estaba concluyendo. Y usted... ¿se puede saber si también sale de la huerta para rezar?

—No —contesté en uno de esos ímpetus de franqueza súbita que suelen nacer al encontrarse con algunas copas de vinos fuertes y variados entre pecho y espalda—. He venido porque me aburría tanta gente, tanta bulla, tanto regocijo y tanta necedad; porque me levantaba jaqueca la estupidez.

—¡Bravo! Señor mío, ahora digo que le sobra a usted razón. Lo dicho, le sobra. A mí también me hastiaban el comedor y la comida. Es un barullo insoportable y nada tiene de particular que a un fraile le asuste; pero a usted...

—Padre Moreno, crea usted que hay días en que, convicciones aparte, le entran a uno ganas de ser fraile y de echar a rodar las tonterías del mundo.

El fraile me miró, clavando en los míos sus ojos poderosos, serenos y perspicaces.

—¿De veras se le ocurre a usted eso? Pues no extrañará usted si un pobre fraile le responde que en mi opinión, ya está usted a la entrada del camino de la sabiduría, y aun de la felicidad, hasta donde cabe en la vida del hombre. Buscar la paz y el desasimiento no es virtud: es egoísmo y cálculo. Crea usted, caballero, que yo no envidio a nadie... y en cambio compadezco a mucha, a muchísima gente.

El orgullo laico no se me encabritó al oír tales palabras. Después he reflexionado con sorpresa en que a mí debiera enojarme la compasión del fraile, compasión probablemente irónica: porque dadas mis ideas, mi manera de pensar y sentir en cuestiones religiosas y la significación absurda que para mí tenían los votos monásticos, era yo quien debía compadecer al fraile, y compadecerle como se compadece a las víctimas del absurdo y de la inmolación inútil en aras de un concepto erróneo. Únicamente se explica mi extraña aquiescencia a las palabras del padre Moreno, suponiendo que existe en el fondo de nuestro espíritu una tendencia perpetua a la abnegación, a la renunciación, por decirlo así, tendencia que se deriva del subsuelo cristiano sobre el cual reposa la cáscara de nuestro racionalismo. A mí se me ocurría en aquel momento de depresión moral: «¿Cuál es mejor, Salustio? ¿Seguir estudiando, acabar la carrera, ejercerla, casarse, cargarte de hijos, sufrir las impertinencias y los rozamientos de la vida, aguantar todo lo que forzosamente ha de traer consigo, dolores, desengaños, conflictos y peleas, o pasártela como este padre, que en un día de boda coge su libro y se viene a rezar al bosque tan pacíficamente?».

—Sí que compadezco a muchos —prosiguió el padre cogiéndose de mi brazo con familiaridad y llevándome, al través del soto, hasta un pradito que limitaba un vallado vestido de parietarias y flores silvestres—. A las gentes que juzguen... así, nada más que por la superficie, les parecerá que hoy, en medio de la fiesta de boda, debo yo experimentar algo de envidia, o por lo menos considerar mi estado, tan diferente del de los casados ¿eh?... Pues mire usted, le aseguro (y usted no creerá que le digo una cosa por otra, pues ya sabe que mi carácter es muy franco) que más bien parece como si me inspirasen los novios una especie de compasión... vamos, compasión de considerar los trabajos que les esperan en la jornada, por más felices que sean; aunque Dios les reparta a manos llenas cuanto se entiende por felicidad.

Los sentimientos del fraile estaban en aquel momento tan conformes con los míos, que de buena gana le hubiese abrazado. Y cediendo por segunda vez al prurito de desahogarme, indiqué sentándome en el vallado:

—A mí, padre Moreno, esta boda me parece un puro disparate; o mucho me engaño, o va a traer consecuencias funestísimas. Carmiña es un ángel, una santa, mi ser excepcional; y mi tío... ¡Qué sé yo!... tengo mis motivos para conocerle.

Mudó repentinamente de aspecto la cara del padre. Sus ojos se tornaron severos: su entrecejo se frunció: recogiose su boca pasando de la amabilidad a la seriedad, a la austeridad casi. Vi en su fisonomía una expresión que tenía rara vez: era la profesión saliendo a la cara: era el fraile y el confesor que reaparecía bajo el hombre afable, cortés, comunicativo, humano.

—Habla usted con ligereza —dijo sin ambages— y perdone que le ate corto. Tal vez crea tener algo en qué fundarse, y a la verdad, siento que irte obligue a recordar eso... porque quería olvidarme de que fríe usted más imprudente y curioso de lo que corresponde a una persona que por los principios de su educación y el objeto científico de su carrera parece que debe dar a todos ejemplo de seriedad. Ya sabe usted que nunca hemos sacado a relucir este asunto... Ya que usted mismo me presente la ocasión, caballero no la desperdiciaré. Yo creo que obró usted así por aturdimiento natural en los pocos años; que a ser otra cosa... ¡caramelo!

—¿A qué se refiere usted? —dije sintiendo despertarse mi amor propio y mirando cara a cara al fraile.

—¡Bah! Como si usted no lo supiera. Pero no soy yo persona de medias palabras. Me refiero al árbol... al Tejo. ¿Más claro aún? Al batacazo que usted se chupó por escuchar lo que no le iba ni le venía.

—Oiga usted, padre... Los hábitos no dan derecho a todo... Yo...

—Usted nos escuchaba. ¿Sí o no? Nada de retóricas.

—Sí, ya que lo quiere usted saber. Sí; pero con ánimo...

—Con ánimo de saber lo que hablábamos.

—No señor... Aguárdese usted, déjeme explicar... Me podrá usted vencer en prudencia, padre Moreno, y en esta ocasión lo reconozco; pero en pureza de intención y en altura de propósitos... Lo que es en eso... Padre, con todos sus votos y su fe, no me gana usted, lo juro a fe de hombre honrado.

—Admito, y no es poco admitir —arguyó reposadamente el fraile—, que eso sea verdad; y lo admito, porque me ha sido usted simpático desde el primer momento, porque me ha parecido conocer y discernir bien su carácter, y no veo en usted malicia diabólica, ni corazón dañado, ni perversidad de intención ninguna. Vamos, no dirá que no le hago justicia cumplidísima. Pero en el caso de que tratamos, se me figura que adolece usted de un romanticismo bobo, que le mete a desfacer entuertos como don Quijote, y de ese prurito de curiosidad malsana que nos induce a meternos en lo que no nos importa, ni nos ha dado Dios misión de arreglar.

—Es que la boda de mi tío...

—Podrá interesarle a usted por lo que afecta a sus intereses; pero por si Carmiña va a ser feliz o desgraciada, o es buena, o es mala... lo que es en eso tiene usted tanto que ver como yo en los asuntos del Emperador de la China. Igualito, señor don Salustio. Y menos para querer por medio de una indiscreción penetrar en el santuario de un espíritu y en los repliegues de una conciencia.

—Padre —contesté con firmeza, porque me estimulaba el enojo de la reprimenda y lo extraño y desairado de mi situación—, usted dirá lo que quiera del proceder mío; y yo respetaré sus dichos, no por el hábito que viste, y que ante mis convicciones no significa gran cosa, sino por la dignidad con que usted lo lleva. Quedamos, en que soy un indiscreto, un imprudente, un entrometido, y cuanto usted guste agregar; pero no quita para que tenga razón cuando auguro mal de una boda hecha en ciertas condiciones y circunstancias. Ya que no ignora usted que yo tengo motivos para estar enterado y que reconozco el delito de espionaje y de indiscreción, no me niegue que lo que hoy hizo usted en la capilla es la sanción de una fatalidad, de un desastre horrible...

El fraile seguía mirándome, cada vez más disgustado y más nublado de ceño. En otras circunstancias acaso me contendría su desagrado evidente; pero en aquel instante, no había quien pudiese reducirme al silencio: cogí al fraile del brazo y le dije con gran resolución:

—Oiga, usted, padre. Los matrimonios no consumados son muy fáciles de deshacer dentro del derecho canónico. Mejor que yo lo sabrá usted. Hábleme con sinceridad: a su honradez apelo, padre. Podemos evitar una desgracia grandísima. ¿Le parece que me acerque a la señorita de Aldao y le diga: «Pobrecita, tú no comprendes en la que te has metido, pero estás a tiempo: no es válido tu matrimonio: protesta y échalo todo a rodar. No quieras que el daño sea completo. Líbrate de esa cosa atroz... En tu inocencia no puedes imaginarte, infeliz, lo que es ser esposa de mi tío. Un horror... mira que te lo aseguro. No llegue yo a verlo. Antes cieguen mis ojos. El padre Moreno es un hombre de bien y te aconseja lo mismo. Anda, valor... rompe, rompe la cadena... Yo te ayudaré, y el padre, y todos... Ánimo»?

—Lo que juro —afirmó el fraile— es que está usted loco o va camino de ello. Y si no... ¡Tate!...

Diose una palmada en la frente, y añadió:

—¿Cuántas copas de Jerez han caído hoy, caballero?

—¿Me supone usted borracho? —grité irguiéndome en fiera actitud.

—Le doy a usted mi palabra —declaró con espontaneidad— de que no creo que se encuentre usted en ese estado vergonzoso. Únicamente quiero decir que el vino le ha exaltado algo la sesera, produciéndole esa perturbación moral más bien que física, que se traduce en hablar disparates ordenados, meternos en lo que no nos compete y arreglar el mundo a nuestro modo, ¡caramelo! cuando quien debe arreglarlo es Dios.

—Bueno: y si yo le dijese a Carmiña lo de romper el matrimonio... ¿qué respondería?

—Le aconsejaría que se cuidase, y probablemente en estos términos: «Mójate la cabeza, hijo, que la tienes hecha un horno».

—Según eso, ¿usted cree que no hay remedio ninguno? —exclamé con vehemencia y dolor—. ¿Que debemos dejar consumirse la iniquidad y sobrevenir la catástrofe cruzados de brazos? ¿Pero, usted no conoce a mi tío? ¿No se da usted cuenta de las condiciones de su carácter, de la pequeñez y vileza de su alma, sobre todo comparadas a la bondad de esa mujer incomparable, a quien usted debe respetar como a la Virgen María, porque es tan bue...

No pude proseguir. Amostazado ya y encendido de cólera, con todo el empuje de su carácter y el brío de su condición, el fraile me tapó la boca apoyando en ella su ancha mano.

—¡Caramelo y recaramelo! que me dan ganas de mandarle a usted bien sé yo adónde, y le mandaría, si no viese el estado anormal en que se encuentra. Serafín bebió el pajarote y usted tiene la humareda en los cascos. Antes no lo creí, pero ahora... Yo no concebía que fuese jumera lo de usted, mas si se me va por los cerros de Úbeda, el mayor favor que puedo hacerle es suponerle alumbrado.

Retrocedí protestando y ofendido.

—Cuidado, padre... Hay que mirarlo que se dice, y no herir...

El fraile, pasando sin transición del enfado a la cordialidad, me dio una palmada en el hombro.

—No se formalice, ¡caramelo! Óigame con tranquilidad, si puede. Es la de usted una jumerita así... muy por lo serio y lo sublime, lo cual revela que tiene usted en el fondo del alma un depósito de buenos sentimientos que salen a la superficie cuando es usted menos dueño de sí; precisamente al punto que habla usted con entera libertad, ex abundantia cordis. Esto es lo que yo observo, y se lo declaro con la sinceridad propia de un religioso, que no disfraza su pensamiento ni se anda con repulgos. Más le voy a conceder. Pudiera suceder que usted en medio de su... alteración, vea claramente el porvenir, y sea profeta al sostener que este matrimonio ha sido, humanamente hablando, un desacierto. Pero usted prescinde del auxilio de la gracia y de la Providencia, que no falta nunca a los buenos, a los sencillos de corazón, a los que cumplen con sus deberes y fían en la palabra de Cristo. La paz del alma es un bien real entre los muchos bienes falsos que ofrece el mundo. No compadezca usted a su tía, ni a mí, ni a nadie que ande derecho y sepa reírse de la materia... Ya sabe usted que la bienaventuranza no existe por acá, y nosotros, los que aparentamos mortificarnos, somos realmente unos egoistones: sacamos más partido de la vida que nadie.

Las razones del fraile penetraban en mi cerebro como el hierro en la herida. Mejor dicho: no eran las razones mismas, sino el tono de convicción y veracidad con que iban pronunciadas, ayudando a que me produjesen tal efecto mi situación de ánimo, y la ternura bobalicona que infunden las jumeras «por lo fino y lo sublime» como decía el padre. Ello es que remanecieron en mí las filosofías pesimistas y los deseos de dar al traste con la pícara existencia, o al menos con sus ilusiones nocivas: y reprimiendo la tentación de abrazar al fraile, exclamé:

—¡Ay padre! ¡Cómo acierta usted en eso! ¡Quién tuviera sus creencias y vistiera su sayal! Explíqueme usted si puede entrar en el convento un racionalista. Yo creo que sí. ¡Estoy más triste, más triste! Parece que se me acaba la vida.

El fraile me miró con singular perspicacia. Sus ojos eran dos bisturíes que me registraban el corazón, que me disecaban los tejidos. Su acento adquirió inflexiones duras al decirme:

—Cuidadito que no se le acabe a usted nunca la vergüenza, ni el propósito de conducirse como persona decente. Aunque bien mirado, siempre que no se les acabe a los demás... haga usted lo que quiera.

No torcí la cabeza, no entorné los párpados, no me sonrojé. Si las pupilas del fraile acusaban, las mías confesaban explícitamente: retaban casi. «Conformes: tú me adivinas, yo no me oculto. Ante mi ley moral, lo que siento no es ningún crimen. El crimen es haber bendecido ese matrimonio.» Le volví la espalda y saltando el vallado me interné en las tierras.

XVIII

No sé si por impulso de alejarme del Tejo o por deseo de mayor soledad, me dirigí muy despacio hacia la playa. Era de noche ya. La Luna, que se bahía alzado roja e inflamada, recobraba al ascender al cielo su serena placidez, y las olas del mar, dormidas también y arrulladoras, venían a estrellarse a los pies del peñasco donde me senté aturdido de pena, dispuesto a entregarme a todos los sueños y quimeras de la imaginación, recalentada por el trasabor del champaña. El blando rumorcillo de la encalmada ría; el trémulo rebrillar de la Luna sobre la superficie del agua, y la misteriosa efusión de la naturaleza, me predisponían al monólogo siguiente: «Si hoy nos hubiésemos casado ella y yo, despacharía a los importunos y me la traería aquí del brazo; la sentaría junto a mí, en esta misma peña, que parece hecha a propósito para una escena tan inolvidable. Ciñendo su cintura, reclinando su frente sobre mi pecho, sin asustarla, sin herir su pudor, iría preparándola suavemente a compartir el arrebato de la pasión; a transigir gustosa con el fatal desenvolvimiento del amor humano. Y los instantes más bonitos, los instantes deliciosos, en que pensaríamos toda la vida... serían estos, estos. ¡Qué gozo callado y profundo nos abruMaría! ¡Qué silencio el nuestro tan dulce! Tal vez una ventura así será demasiado grande para que la resista el corazón. Pesa tanto, que no hay quien pueda con ella. Por eso dura poco y se encuentra rara vez. Y —decía yo prosiguiendo en mi soliloquio— el caso es que esa ventura ya no la catas nunca tú, hijo mío. Tití Carmen es como todas las mujeres, que solo tienen una inocencia. Hoy la perderá; hoy otro hombre corta la azucena; hoy profanan lo que más respetas en el mundo. Por muchos años que transcurran y muchos favores que consigas de esa mujer, no te será posible traértela a una playa, con Luna, de noche, por caminos donde a un lado y a otro crecen madreselvas, a probar emociones no sentidas, a entrar en la vida por la puerta de la ilusión». En sustancia, y sin duda en más desordenada forma y con mayor viveza de imágenes, ved aquí lo que se me ocurría durante el paroxismo de la pena, mientras luchaba con el abatimiento que causa la semiembriaguez. Un pensamiento flotaba confusamente dominando a los restantes. «Si el dueño de Carmen no fuese mi tío, yo no estaría tan llevado de los diablos. Mi entusiasmo romántico por ella no es más que la eterna prevención contra él, que adquiere otra forma.»

Subí al Tejo más desesperado que si me apretase alguna tribulación real y positiva. Creo que en el camino arrojé y pisé con furia aquella rama de azahar tan solicitada por la mañana. Me dominaba para no hacer mayores extremos y locuras, y al entrar en la quinta huí de la gente y me fui derecho al dormitorio, deseoso de tumbarme sobre la cama para blasfemar o para revolcarme en ella o para aletargarme vencido por el cansancio.

Al subir la escalera de la torre, se me vino a la memoria que llevaba en el bolsillo la llave del cuarto de Serafín y que era preciso ver cómo lo pasaba el aprendiz de clérigo. «Estará roncando esa calamidad», pensé al abrir la puerta. Yo amparaba con la mano la luz de la palmatoria, tratando de distinguir lo que hacía el pobre borrachín. Según miraba hacia la cama donde juzgué que estaría tendido, a mis pies, del suelo donde permanecía a gatas, alzose el monago, riendo y enseñándome la fea dentadura, como un jimio.

—Mostrenco, ¿qué haces allí? —le dije—. Buena la armaste hoy. Lástima de azotes. ¿Rezabas por tus pecados? Ea, a la cama inmediatamente, o te doy una mano de nalgadas.

Él se incorporó. Los ojillos rebrillaban con gatuna fosforescencia: la cara estaba desencajada aún, y el erizado pelo rojo completaba lo extraño y diabólico de su catadura.

—No me da la gana de dormir... —contestó rechinando los dientes—. Tengo función de balde, en palco principal. Balcón de preferencia.

—¿Qué dices, escuerzo?

—Lo que es verdad. Mire por ahí.

Repentina luz me alumbró, y arrodillándome presuroso, apliqué la vista al punto que señalaba el monago.

El cuarto de los novios caía exactamente debajo de la torre: yo lo sabía, y lo recordaba en aquel instante, antes de mirar, con súbita lucidez. No era el techo de cielo raso, sino de madera con sus vigas y pontonaje; y al través de una rendija del piso nuestro, como estuviese iluminada la habitación inferior, veíase perfectamente, con total claridad, cuanto en ella ocurría.

Una crispación me contrajo los nervios al convencerme de que en efecto registraban mis ojos la cámara nupcial. ¡Era verdad, la veía, la veía! ¡Qué atroz descubrimiento! Me contuve para no gritar, para permanecer inmóvil en vez de arañar el piso y confundir sus tablas con necia cólera.

Por fortuna, por casualidad, por disposición de Dios, en aquella alcoba no sucedía nada. Hallábase enteramente vacía y desierta.

A ambos lados del tocador ardían, en dos candelabros de latón con colgantes de cristal, velas color de rosa. Detrás de la gran cama de bronce dorado, encima de la mesa de noche, otra vela, en menuda palmatoria de porcelana. Por el tocador, sobre la mesa, sobre el escritorio, en jardineras pendientes de la pared... flores, flores, flores, particularmente rosas. ¡Profanación de la naturaleza! ¡Rosas para aquella noche nupcial!

La propia soledad del sitio, el misterioso silencio, de tal manera iban soliviantando mi fantasía, que pensaba respirar el olor de las rosas, su perfume regalado difundido en la atmósfera tranquila. Creía oír al través de la ventana abierta la voz del ruiseñor, que a horas semejantes cantaba en el naranjo grande, y sus revoloteos en las enredaderas del patio. La blancura de las entreabiertas sábanas; la dulce paz de la habitación; la gracia del tocador de muselina y encajes, cuyos pliegues caían vaporosos hasta el suelo, todo me causaba exaltación y furia, acrecentando el desconcierto de mi alma. Mis sienes latían, y sentía en los oídos como el relumbar de un borrascoso oleaje: la posición en que me había colocado agolpaba a la cabeza la sangre, y me inspiraba deseos de rugir. El monillo eclesiástico me tocó en el hombro.

—¡Eh, monsiú, compañero... que eso no es lo tratado! —gruñó—. ¡Yo también soy de Dios y tengo los ojos para ver!

—¡Si no te callas te trituro! —respondí con ferocidad.

—¡Pues a lo menos, cuéntame lo que veas!

—¡No se ve nada, cernícalo! —respondí—. ¡Nada, nada, nada!

—¿No llegaron aún los cómicos? ¿No se ha levantado el telón? ¿No toca la orquesta?

—¡He dicho que te calles inmediatamente! —grité con ira.

Desde aquel instante el intransigente guardó silencio, aunque después comprendí que no era por prudencia ni por virtud.

Yo seguía acechando, sin hacerle caso maldito. La cámara nupcial continuaba vacía, sugestiva, tentadora. Veía con desesperante claridad los detalles menores: sobre un platillo de cristal, horquillas; en un acerico, alfileres; en el centro de las almohadas un escudo enorme, ricamente bordado; en la pililla de agua bendita, una rama de boj... Conté las mariposillas o falenas que entraron por la ventana a abrasarse en la luz; conté las lágrimas de cristal de los candeleros... Me pareció que el corazón se me rajaba cuando escuché voces mi la puerta, un rumor confuso de despedida; se alzó el pestillo, y penetró en el dormitorio, con paso ligero y algo azorado, una persona sola: tití Carmen...

¡Ay Dios! Fuerzas, fuerzas para no gritar, para no desfallecer... Con su traje blanco, ajado ya de tenerlo puesto tantas horas, venía hechicera. Lo primero que hizo fue asomarse a la ventana, como si le faltase aire que respirar. Allí permaneció algunos minutos, y yo distinguía la línea bonita de su espalda, y comprendía o creía comprender mis pensamientos. Luego se quitó de la ventana y se miró un rato al espejo, a mi entender con más curiosidad que coquetería. Parecíame que la consulta al espejo respondía a la idea siguiente: «Veamos qué cariz se me ha puesto desde el gran suceso de esta mañana». Luego, con una agilidad que demostraba el hábito de prescindir de la doncella, empezó a quitarse pendientes, aderezo, pulseras, broches, alfileres, dejándolos sobre el platillo de cristal, cuidadosamente, con aquel inteligente reposo que caracterizaba sus movimientos puramente mecánicos, donde no entraba la pasión. Y subiendo los brazos, se desprendió una por una las horquillas del pelo. Entonces vi suelto y en toda su belleza aquel magnífico adorno femenil. Destrenzado, cayó con blando culebreo primero hasta la cintura, luego hasta cerca de la corva, en olas negrísimas. Una inquietud cruel se apoderó de mí. Aquel destrence y soltura de cabellos me pareció prólogo de otras licencias de tocado íntimo que iba a presenciar... y que solo con imaginarlas ya me encendían la sangre en furor doloroso. Por fortuna —me pondría otra vez de rodillas para darla gracias— vi que la emancipación del pelo no era lo que yo suponía, sino un preparativo de comodidad, pues no tardó en pasarse el batidor y recoger toda la mata en moño bajo, con gran sencillez. Terminada esta operación, puso el codo en el tocador y apoyó la mejilla en la palma de la ruano, apretando los labios y moviendo algo de alto abajo la cabeza, como el que lucha con graves reflexiones. En su rostro distinguí una contracción penosa: tenía la cara del que, ya a solas, se entrega libremente a la preocupación y permite al semblante expresar lo que siente el alma. Sus pupilas se nublaron: inclinó la cabeza sobre el pecho: abandonó las ruanos en el regazo, y... aquello sí que lo oí claramente: suspiró, un suspiro profundo, arrancado de las entrañas... Luego alzó la frente y permaneció algunos minutos fijos los ojos en un punto ideal del espacio, probablemente sin mirar. De repente respiró fuerte y se levantó, como quien adopta una resolución decisiva y firme. Y en el mismo instante...

¡Ay! ¡No quiero ver, no quiero! Un hombre penetró en la cámara, furtivo, risueño, y al par acortado e irresoluto... Si mi ojeada tuviese el poder de la del basilisco, allí mismo se cae redondo el novio, muerto, carbonizado por el rayo de mi voluntad. Sobre el marco de la ventana se dibujó la silueta del deicida, y vi brillar su blanca pechera. Las bujías alumbraban de lleno su cara más repulsiva que nunca, su barba cobre, sus ojos impíos, que yo me sentía capaz de arrancar... Detrás de mí sonó clara y distinta una risa necia y burlona. Me volví, me incorporé y divisé al monago, a gatas, inclinado sobre otra rendija del piso. Aún empuñaba la navajilla con que la había ensanchado.

Un estremecimiento homicida corrió por mis venas: temblando de rabia ceñí con mis manos la garganta de Serafín y cortándole el resuello grité: «Te parto, te deshago, te ahogo, ahora mismo si vuelves a mirar. ¿Lo oyes, escuerzo? ¡Pobre de ti como nunca apliques los ojos a esas rendijas! Te asesino sin remordimiento ninguno».

—Pues tú bien mirabas... ¡piñones! ¡pateta! —chilló el infeliz casi hipando, cuando le permití resollar—. ¡Vaya unos modos! ¡Pateta! ¡Me ha clavado los dedos en la nuez!

—Yo no miro ya... Ni tú tampoco... Éramos unos brutos... Si tuviésemos decencia, no se nos hubiese ocurrido ni la idea de mirar. Serafín, Serafín, no somos bestias, somos hombres. ¡No, mirar no!

—Ahora lloras tú... Estás loquito, vamos —exclamó el aprendiz de teólogo.

—Tú serás el loco y el energúmeno —contesté haciendo un esfuerzo digno de un héroe para reprimir las ridículas lágrimas que se me quedaban ardiendo entre los párpados—. Yo no lloro. Si llorase, sería de vergüenza de haberme arrodillado ahí. Voy a acostarme; pero como no estoy seguro de que tú no te pongas otra vez en cuatro pies, voy a amarrarte al de la cama.

—No, formal, formal, Salustiño... ¡Pateta! —gritó el intransigente aterrado—. No me amarre, que doy palabra de honor de no mirar...

—¡Palabra de honor! Buenos están los tiempos para honores... No hay confianza en la cuadrilla. A Segura llevan preso. No te haré daño, tonto... Ya verás cómo no te hago daño.

Conforme lo dije así se hizo. Le até las manos con un pañuelo y el cuerpo con una toalla. El menor movimiento le hubiera bastado para desprenderse; pero estaba tan acoquinado y subyugado, que ni se rebulló. Solo gemía de tiempo en tiempo. Yo me tendí en la cama. ¿Quién dormiría en mi caso? Transcurrieron las horas de aquella interminable noche, y las entretuve volviéndome y revolviéndome, ocultando la faz en el hueco de la almohada, cubriendo con las manos oídos y ojos, como si unos y otros se viesen obligados a sufrir el martirio de los sonidos y de las imágenes que envenenan los celos. Al amanecer salté del potro, me lavé, me arreglé, no di suelta a Serafín, recogí mi ropa, y sin despedirme de nadie, sin ver a nadie, bajé a San Andrés y de allí a Pontevedra y a la Ullosa, a manera de quien huye del lugar donde se ha cometido un negro atentado.

XIX

Mi madre, con su sagacidad relativa y al pormenor, conoció al punto que yo iba preocupado y mohíno, pero erró la causa. «A ti te han dado algún desaire en el Tejo. No me digas que no. Te hicieron perrerías, de seguro. Si no fue así, ¿por qué te viniste como los conejos en busca del tobo, sin despedirte ni cosa que lo valga? Vamos, confiésale a tu mamá el disgusto.» Por más que juré y perjuré no haber recibido sino atenciones, ella no la tragó. «Bien, bien, cállate, haz misterio... Yo lo sabré, que todo se sabe. Ya me lo contarán los de fuera.» Tuve que referirle punto por punto las circunstancias de la boda: digo mal, ella fue quien se adelantó a mis explicaciones, mostrándose enterada de menudencias que me asombraron. Estaba en detalles que yo desconocía. Era condición de su inteligencia pronta y aguda dominar la micrografía de la vida y desconocer en cambio sus leyes eternas, hondas, visibles solo para los espíritus superiores: las que han de regirla hasta que se apague su soplo y el universo se enfríe por falta de amor...

Los primeros días de estancia en la aldea sentí gran alivio. Aquel raro frenesí del día de la boda se había calmado con la falta de especies sensibles que lo reavivasen, y me parecía que el entusiasmo por la tití, el furor celoso, el lirismo y las meditaciones poéticas en la playa, fueran no más que travesura de la imaginación, la cual gusta de fingir sentimientos profundos donde no hay sino antojo, efervescencia y espejismo.

Contribuyó a sosegarme la compañía de Luis Portal, que vino desde Orense a pasar conmigo una semana. Nos dimos tales paseos y tales atracones de pan y leche, que el sano cansancio y la rusticación hicieron su oficio, preparándome a oír con tranquilidad y hasta prestar asentimiento a razones por el estilo de las que siguen:

—«Lo que te sucede a ti —me decía Luis en ocasión de estar los dos tumbados al pie de un castaño, donde habíamos escotado la meridiana— es un fenómeno muy común entre nosotros los españoles, que creyendo de buena fe preparar y desear el porvenir, vivimos enamorados del pasado, y somos siempre, en el fondo, tradicionalistas acérrimos, aunque nos llamemos republicanos. Lo que te encanta y atrae en la señora de tu tío Felipe, es precisamente aquello en que menos se ajusta a tus ideas, a tus convicciones y a tu modo de ser como hombre de tu siglo. Me sales con que la señorita de Aldao realiza el ideal de la mujer cristiana. Patarata, chacho. ¿Me quieres tú decir qué encontramos nosotros de bonito en ese ideal, si lo examinamos detenidamente? El ideal para nosotros, debiera ser la mujer contemporánea, o mejor dicho la futura: una hembra que nos comprendiese y comulgase en aspiraciones con nosotros. Dirás que no existe. Pues a tratar de fabricarla. Nunca existirá si la condenamos antes de nacer.

»¿Cuáles son y en qué consisten las virtudes que atribuyes a la tití y que tanto admiras? A mí me parecen negativas, irracionales, brutales. No te asustes, brutales he dicho. ¿Casarse con un hombre repulsivo, entregársele como un autómata, y todo por qué? ¿Por no autorizar con su presencia los pecados ajenos? ¿Quién responde de más acciones que las propias? Esa señorita o está demente o es tonta de remate; y al fraile que tal consiente y apadrina... no quiero calificarle, porque se me iría la lengua. Ese comprende mejor que la tití a lo que la tití se compromete: ese debiera haber evitado semejante barbaridad... Te digo que el frailecito... ¡Rediós! Pero, en fin, el fraile es el fraile; y nosotros, que pretendemos innovar la sociedad, en algo hemos de diferenciarnos de él.

»Una mujer como la que está pidiendo la sociedad nueva se pondría a servir, a coser, a fregar los suelos, si no se hallaba bien en la casa paterna, si creía su dignidad lastimada; pero nunca enajenaría su libertad y su corazón y su cuerpo para irse con semejante marido.

»A ti te entró la manía del cristianismo. Hay que dejarte. ¡Una perfecta cristiana! ¿Y por qué te seduce una perfecta cristiana? ¿Eres acaso perfecto cristiano tú? ¿Aspiras a serlo? ¿O crees que la ordenada marcha de la sociedad consiste en la esposa cristiana y el esposo racionalista?

»Salustiño, despierta, que estás soñando. ¡Vas a enamorarte de una mujer porque piensa al revés que tú en casi todo! Pues que está soltera; que te corresponde; que os casáis, que ella conserva encendida la antorcha de la fe... y que no te arriendo la ganancia. Déjasela a tu tío, que para él es de molde. Harán la gran pareja. ¡Pero para ti! Chachiño, cúrate de romanticismos y de cristiandades. Esto no quiere decir que no le hagas el amor a la tía; pero al modo humano, sin música de Pobulo. Si te gusta, ¡arriba con ella! Es decir... siempre debes tener cuidado, para evitar dramas... Los dramas, en el teatro Español... y aun allí, la mayor parte salen hueros. En fin... sin drama... ya me entiendes. Pero como vuelvas a hacerme novelas de cristianas y judíos... te doy bromuro. Y sobre todo... ia empollar! Yo otro año no soy perdigón, ni por la diosa Venus que venga a hacerme garatusas.»

No dejaron de persuadirme las observaciones del discretísimo orensano. Cuando menos, me indujeron a meditar sobre el problema de mis entusiasmos locos. En efecto, el pensar y el sentir de mi tití eran radicalmente opuestos a los míos: yo no creía en nada de lo que ella reverenciaba por dogma; su moral difería de mi moral: la palabra deber en nuestros labios tenía diferente significación; y sin embargo, me atraía más hacia ella esa propia disparidad de ideal, como al blanco le atrae a veces el color cetrino de la mulata, y a la ardiente gitana el dorado cabello del inglés. ¿Acertaba Portal al decir que nosotros estábamos sin hembra propia y nos convenía buscarla, hacerla a nuestra imagen para que su alma nos comprendiese y su cerebro funcionase a compás del nuestro? O al contrario, ¿era mayor atractivo la picante oposición de las almas y el tener yo en la mía cámaras oscuras donde, como en la de Barba Azul, le estaría a ella siempre vedado penetrar? Por qué exaltaba yo a aquella mujer viendo en ella la perfección misma del tipo femenil? ¿Por qué su sacrificio, que en mí me parecería absurdo, en ella se me antojaba sublime?

«En lo que acierta Luis —resolvía yo definitivamente— es en eso de que nos conviene empollar y que el drama interior es enemigo del estudio.» En efecto, cogía yo los libros para repasar un poco aprovechando el ocio de las vacaciones, y al concentrar mis facultades para aplicarlas a las inflexibles matemáticas, trabábase en el campo de mi mollera descomunal batalla, que yo llamaba, en mi lenguaje íntimo, la guerra entre las rectas y las curvas. Las rectas eran las ecuaciones, los polinomios, los teoremas, los problemas de secciones de ángulos y otras demoniuras semejantes; las curvas, los ensueños amorosos, las antipatías judaicas y toda la pícara ebullición de mi fantasía moza. Al principio las curvas llevaron la mejor parte, pero la táctica y precisión de las rectas acabó por imponerse a aquel indisciplinado ejército, que se replegó en el peor orden posible hacia el corazón, su íntimo refugio.

Ya se acercaban a su término las vacaciones cuando tuvimos una visita inesperada. El Intransigente Serafín vino en persona, sin asomo de hiel ni de rencor, sobón y cordial lo mismo que un gozquecillo, a instalarse en la

Callosa: yo no pude recordar que le hubiese convidado, y, mamá juraba que tampoco. Le tomamos a beneficio de inventario, y desde el primer día le dedicó mi madre a recortar espalleres, a recoger fruta y a echar pitanza a los pollos, tareas que él desempeñaba gustosísimo. Cuando nos hablamos sin testigos, lejos de mostrarme el más mínimo enfado, me soltó un abrazo vehemente y me hizo cosquillas. «¿No sabe? —preguntó muy cariñoso—. Así que usted se largó yo me desaté. Si me pillan así, liado, buena la hacíamos. ¡Qué guasa! Lo de mirar no estaba bien. Pero era guasa, era pavita. El Pajaritum tenía la culpa. Los novios, a Pontevedra aquella misma tarde. Ahora andan por allá muy majaderos, luciendo las galas; el Santo les ha obsequiado con una gran comida en el Naranjal: hubo sesos de contribuyente fritos, y pierna de litigante en escabeche... De postres, turrón: como que ya la casa de su tío está alquilada para oficina de Correos. ¿Eh? ¡Gui, gui! Al señor de Aldao le ha venido no sé qué cruz, con mucho tratamiento de perliquitencia... ¿Y no sabe lo bueno? ¿No ha leído de la irrisión, digo, de la procesión de la Divina peregrina? Me pasmó de que no cayese sobre ella fuego del celo, según dijo el otro: Pluit super Sodomam et Gomorrham sulphur et ignem a Domino de cælo. ¡Si viera la carnavalada! Don Vicente llevando el guión; Pimentel, muy foncho, de corbatín blanco; su tío alumbrando, con una cara que parecía el pecado mortal; todos los turroneros con su cirio agarrado... ¡que nunca en su vida pensaron agarrar un cirio...! ¡y detrás los polainudos, los secretarios de ayuntamiento con sus cirolas, cada alcalde y cada juez y cada registrador y cada fantoche! Hombre, ¿cómo no fue a Pontevedra ese día? Otra igual, ni en veinte años. Hasta los periodiqueros y los masones alumbraban. Le digo que sí. Y luego el Teucrense le llamó a la procesión festival. ¿Qué es festival? A modo de saturnal, sin duda.» Después, bajando la voz, añadió: «También un obispo papaba moscas allí, y no por amor de la Peregrina, sino por el Santiño de los milagros oficiales... Pero no se pasme de eso. Nestorio fue obispo de Constantinopla. ¿Y quién promovió el cisma de aquel grandiosísimo cerdo del rey de Inglaterra, sino otro gorrino de obispo hereje que se llamaba Crémor o Cremen...? Déjenle de obispos. La Iglesia la hemos de regenerar solitos el Papa y los clérigos... digo, no, los aprendices de clérigo y unos cuantos laicos de agallas... mande lo que guste la Encíclica Cum multa».

Le aseguré que no sabía lo que podía mandar semejante Encíclica, y le pregunté por Candidiña como al descuido. «¡Uy! Buena pieza... gui, gui. Ahora solita con el viejo... Lo ha de volver del revés.» Hablome también del padre Moreno y supe que el fraile moro, terminados sus baños de mar, pensaba recalar dos días en la Ullosa.

En breve se confirmó el anuncio y apareció el padre todo empolvado de su larga jornada en diligencia. Mi madre, que le quería mucho, le recibió al pronto con cierta frialdad: no podía perdonarle el haber bendecido la boda. Yo en cambio extremé la cortesía. Hubiera deseado poder decirle a Aben Jusuf: «Aquellos delirios pasaron. Se ha deshinchado el énfasis sentimental. ¡Si viese usted, padre, qué bien me encuentro! Lo mismo que quien se aplica un anestésico para curar una neuralgia, y la cura. Mi neuralgia o dolor de muelas amoroso ya no existe. Me parece increíble haber sido yo aquel que por poco se desnuca arrojándose de un árbol, se envilece espiando, se tira al mar en una noche de bodas o le pide a usted el hábito de novicio. Aquí tiene usted a un muchacho formal, alumno de Ingenieros e hijo de Benigna Unceta, señora muy práctica. Estoy sano». Si no fue esto mismo, algo muy semejante indiqué en un paseíto que nos dimos por los montes el fraile y yo. Recuerdo que él se mostró sinceramente satisfecho y debió de contestarme por el estilo que verán ustedes:

«Lo celebro, pero no fiarse. Los calenturones del corazón no duran como dan; ¡Dios nos asista! solo que repiten. Y repiten por culpa nuestra, que nos llegamos al fuego. En esa lotería se pagan aproximaciones. No aproximarse. Respetuosa distancia. Cordón sanitario. Si hace usted otra cosa, no le tendré por hombre de bien».

Mutatis mutandis, así se expresó el padre Moreno. Pasados los primeros instantes, mi madre, que tiene corazón de oro e instintos hospitalarios, le trató con agasajo, empeñándose en alimentarle bien y a todas horas, hasta el extremo de que el fraile se sublevase cómicamente. «No más pollo, aunque usted me haga pedazos... Ni más pisto... ¡Qué señora! Alma de almirez, corazón de dátil, ¿quiere que yo reviente aquí? Usted mande en su polisón, señora, que yo mando en mi estómago...» Poco duró el exagerado obsequio gastronómico; a los dos días el padre se nos marchó a su convento, dejándonos un gran vacío. Había expirado también su temporada de vacaciones y el permiso del superior para bañarse y atender a la salud, y el moro con sayal se volvía resignadamente a su tétrico retiro de Compostela, donde a fuerza de humedad sudaban los muros y verdeaban el marco de las ventanas y las junturas de las piedras. A pesar de la entereza con que el fraile afirmó que iba satisfecho al cumplimiento de su deber, comprendí que aquel español medio sarraceno, prendado de la luz del África, debía de sufrir mucho en cuerpo y espíritu viéndose desterrado a clima tan húmedo y gris.

Le vi marchar a su ostracismo recordando con sorpresa que le había envidiado aquel sayal y hasta aquella cadena de los votos. «A la fuerza yo he padecido este verano una especie de psicalgia o neurosis moral. Ahora que estoy convaleciente lo comprendo.» Los pocos días que faltaban ya para mi salida hacia Madrid, como no teníamos huéspedes ni gran distracción, me sepulté en la lectura de dos o tres librotes muy interesantes: obras de filosofía, entre ellas la Crítica de la razón pura, de Kant. Exento, a mi parecer, de todo sentimental oleaje y de toda engañosa alucinación, ¡con qué puro deleite se empapaba mi inteligencia, docilitada por el estudio de las matemáticas, en la doctrina del filósofo! ¡Con qué dulce firmeza sentía penetrar en las últimas casillas de mi cerebro aquellas verdades del criticismo, que, lejos de conducir a la escéptica negación, nos infunden sereno convencimiento de la vanidad de nuestras tentativas para conocer el mundo exterior y nos encierran en el benéfico egoísmo del estudio de nuestras propias facultades!

Cuando después de una lectura de Kant salía yo a recorrer el soto, la pradería, las modestas dependencias de la granja patrimonial, y la paz del atardecer se me infiltraba en el espíritu, me encontraba venturoso, salvado de mis locuras, encerrado en la línea recta. «Entiende y serás libre», repetía para mí con juvenil orgullo.

XX

Al bajarme del tren en Madrid, en la estación del Norte, lo primero que pude divisar fue la roja barba y el rostro acentuado de mi tío Felipe, que me alargó la mano y llamó a un mozo para entregarle el talón de mi baúl. Después, metiéndose conmigo en un coche de punto, dio las señas de su casa: «Claudio Coello, número tantos...».

—¿No vamos a mi posada? —pregunté sorprendido.

—Verás... —respondió el hebreo con aquella especie de dificultad de frase y aquella contracción en el rostro que acompañaban en él a la manifestación de la avaricia—. Es una tontería andar con eso de posadas, entre parientes... En mi casa hay un cuarto sobrante, que de nada sirve; lo ocupaban unos trastos... Es alegre y capaz... Mejor tratado que en la posada ya estarás, hijo... Y para tus estudios, la tranquilidad que quieras.

Comprendí el mezquino cálculo. Pagarme el pupilaje tenía que costarle más, por barato que fuese, que hospedarme en su casa. Pero yo allí... En el primer momento no sé explicar qué efecto me produjo la idea. Lo cierto es que exclamé:

—Mi tía no ha de ver con gusto que yo me aloje en casa de ustedes.

—Te diré —respondió el marido—. Al principio se le figuró que para tu objeto convenía más la casa de huéspedes... Se aferraba en eso... Pero la he convencido... Ya no pone el menor obstáculo.

Guardé silencio. Notaba la impresión desagradable que se experimenta al salir de una atmósfera templada a una corriente de aire frío, que azota el rostro. La vida en la Ullosa había sido un paréntesis, un descanso, una especie de grata somnolencia; y aquel brusco llamamiento al exterior, a la agitación y a la fantasmagoría, cuando precisamente estaba yo en el momento de reanudar los estudios, necesitando de toda mi voluntad y fuerza mental para consagrarla a muy arduas tareas, me trastornaba. Y sin embargo, la juventud ama tanto el riesgo, la marejada y la tormenta, que sentí un estremecimiento de placer cuando mi tío tiró del botón de cobre de la campanilla eléctrica, y se abrió la puerta tras de la cual estaba Carmiña Aldao.

¡Con qué temblor del alma la saludé! Mi sangre toda giró por el cuerpo precipitándose al corazón, y conocí los síntomas de la antigua llama —como dice Dante al hablar de su encuentro con Beatriz—. La esposa de mi tío me recibió correctamente, sin mostrar ni despego ni excesiva cordialidad. Llenando sus deberes de dueña de casa, me instaló en mi cuarto, se enteró de lo que yo necesitaba, me mostró algunos muebles donde podía colocar mis libros y ropas, me dio consejos prácticos para aprovechar mejor las cuatro paredes... «Aquí pones tus camisolas... En esta percha cuelgas la capa... La mesa aquí, junto a la ventana, que podrás estudiar mejor... Mira, este es el lavabo... Ten aquí siempre las toallas... Te he buscado este quinqué de pantalla verde, que no te echará a perder la vista...»

Mientras ella me explicaba semejantes pormenores, yo la miraba con tal sed de verla, que bebía sus facciones y devoraba su aspecto querido. Lo que buscaba al contemplarla era esa revelación que, bien estudiado, encierra todo rostro de mujer casada, y que pudiera llamarse la cuenta corriente de la felicidad. No, no era feliz. Lo cárdeno de sus ojeras no procedía de amorosa fiebre, sino de pena oculta. Su boca no se dilataba para la risa o el halago; se recogía como la de todos los luchadores que mortifican solitariamente el cuerpo o el espíritu. Sus sienes estaban un tanto marchitas. Su talle era más plano: no había adquirido la redondez graciosa y majestuosa que se advierte en las esposas a los pocos meses de vida conyugal, aunque no sean madres. ¡No era feliz!

¡Cuánto trabajó mi fantasía sobre la base de esta suposición! No tardé sin embargo en habituarme a la convivencia con tití, y fue pareciéndome algo menos peligrosa que al pronto. La proximidad es siempre incentivo, pero la convivencia, quitando interés dramático y novedad a las ocasiones de encontrarse, tal vez disminuye el riesgo.

Aunque los últimos años de la carrera de ingeniero distan mucho de ser tan absorbentes como los primeros, y las dificultades van allanándose a medida que se sube la áspera cuesta; la empollación bastaba a ocupar mis ocios. La vida de tití se deslizaba tan apartada de la mía, que viviendo bajo el mismo techo, apenas nos tropezábamos, fuera de las horas oficiales. Por la mañana salíamos los dos, yo a mis clases, ella a compras y a devociones muy largas. Al almuerzo yo observaba en Carmiña cierta animación y un contento inexplicable. Venía consolada de la iglesia: era evidente. Mi tío, también satisfecho y decidor, de zapatillas y sin corbata, charlaba conmigo, me hacía preguntas, comentaba las noticias de la víspera, los diálogos en el salón de conferencias y en los pasillos del Congreso con don Vicente Sotopeña sobre el cariz de la política, las insinuaciones de los periódicos, la última conversación confidencial de la Regente con el embajador de Austria, que persona bien enterada había repetido en el Casino de pe a pa. Yo provocaba la locuacidad de los esposos, pues tití, a su vez, me contaba la gaceta de Pontevedra, los inocentes chismes que la escribían sus amigas, y mil detalles relativos a las vecinas del principal y del entresuelo, a las cuales solía visitar de noche, según la costumbre mesocrática madrileña, que organiza en cada casa una tertulia de vecindad. Por la tarde mi tío salía, ya solo, ya con su mujer; yo necesitaba bien el tiempo para trabajar o pasear con Luis, y ¡adiós hasta la comida! Esta era más triste que el almuerzo: mi tía estaba nerviosa y excitada, o aplanada y distraída, sin que lograse disimularlo. De noche, ella subía a sus tertulias caseras o hacía labor junto a la chimenea, y mi tío me sacaba de casa, llevándome, a veces, a algún teatrillo por horas. Ningún peligro, pues. El engranaje de mis tareas me salvaba de las sugestiones de la ociosidad. El diablo no sabía cuándo tentarme.

Ya supondrán ustedes con quién desahogaba yo. ¿Para qué están en el mundo las personas sesudas y discretas como Portal, sino para oír confidencias de maniáticos? Creo que me incitaba a hacer confesión plenísima lo muy a contrapelo que Portal la tomaba. Sus agrias censuras eran latigazos o pinchazos que me estimulaban obligándome a reflexionar sobre mi estado y a escarbar más hondo allá en los rincones de mi espíritu.

—Chacho —díjome un día el formal amigo—, ya he adivinado lo que padeces. Conozco la medicina de tus achaques. Guíate por mí y sanas al cuarto de hora. El mal tuyo recibe este nombre técnico: espuma de la mocedad comprimida. El remedio se llama... ¡adivina adivinanza! Se llama Belén.

—¿Belén?

—Qué, ¿no te acuerdas va de ella? Belén, la hurí de negros ojos, la que pegaba angelitos en cajas de cartón. ¿Conque tan olvidada la tenías? ¡Descastado! Pues yo le he seguido la pista... Chico, transformación de comedia de magia. Verás tú ahora a la prójima esa en su apogeo. Coche no lo arrastra aún... pero todo se andará.

—¿De verás? ¿Ha encontrado gran Paganini? —pregunté sin curiosidad.

—No quiero decirte nada hasta que juzgues por ti mismo... Te quedarás absorto.

De allí a pocas tardes, el orensano me condujo a una buena casa, en la calle céntrica y solitaria a la vez, de las Hileras. El portal era decente; la escalera cómoda y clara, y la puerta del entresuelo, a que llamamos, tenía notable aspecto de seriedad y discreción, y metales relucientísimos.

Nos abrió una mujer de mediana edad, vestida de negro, mestiza de doncella y ama de llaves, y a las primeras palabras de Luis nos dijo que pasásemos a la sala, que iba a avisar «a la señora».

—¿Eh? ¿Qué tal? —exclamó mi amigo—. ¿Qué te parece? «La señora» por arriba y «la señora» por abajo... Sillería de lana, color botón de oro... espejo con marco de palo santo... alfombra de buena moqueta... cortinas de yute fino... dos jarrones de bronce y porcelana... su quinqué con pantalla de paraguas... Me parece a mí que el bolsista no se queda corto.

—Pero chico, ¡qué metamorfosis!

—Ahí verás tú... Los tiempos cambean. Por otra parte, la metamorfosis era prevista. La chica se cansaba de pegar flores de azahar en cucuruchos; pero no le habían saltado más gangas que el cicatero de tu tío, que al darla dinero para dulces, le tomaba después la cuenta por céntimos. Cuando apareció el bueno de don Telesforo Armiñón, resuelto a sacarla de penas, ¡no te quiero decir lo que pasó! Vio el cielo abierto la chica. Lo primero que pidió la infeliz fue calzado... Tu tío la traía echando los dedos... Estas de Madrid, el pie es lo que las desquicia. ¡Ahora hay cada zapatito!... (Portal lanzó un beso al aire). Ahí viene ya... Ponte serio.

Rugir de faldas... Belén hizo su entrada solemne. ¡Rediós! Era verdad; no había quien fuese capaz de conocerla disfrazada así. Peinada con la clásica modestia de las señoras, lucía una bata de terciopelo color hoja seca, y en las orejas dos tornillitos de brillantes. En las manos, afinadas ya por la holganza, relucía también alguna piedra; y al andar, se le entreveían aquellos zapatitos famosos, estrechos, entaconados, de raso oscuro, manzana de su perdición. Me pareció más gruesa, de movimientos más tranquilos y lánguidos, de tez aún más pálida y fresca que antes, comparable solo al satinado de la hoja de magnolia.

—¿Venimos a mala hora? —preguntó Portal.

Antes de responder, Belén se fijó en mí, y casi chilló de alegría...

—¡Hola! ¡ya pareció el perdido! ¿Es usted, mala persona? Una sola vez he tenido el gusto de verle, y luego la del humo... Veraneando ¿eh? Pues aquí nos hemos aguantado los demás con calores y resquemores... Pero, y ¿desde cuándo estás por aquí? —añadió, apeándome con resolución el tratamiento.

—Desde dos días hace —atajó Portal—, y siempre suspirando por echar la vista encima a la gente buena. No me dejaba vivir con «vamos a saludar a Belén... Aunque como ahora está hecha una señorona, puede que no haga maldito caso a los pobres estudiantes... Pero yo me pongo malo si no la veo... Lo dicho, me da un ataque de... algo...».

—Ande usted, gallego trapacero —contestó la hermosa, que clavando en mí sus flechadores y soberbios ojos, me envolvió en una mirada fogosa y humilde a la vez—. Ni este se acordaba de mí, ni ganas... Na, después de aquel día de jaleíto... si te he visto, no me acuerdo. Y yo... claro, ¿qué ha de hacer una? Para los despilfarros que le costaba a tu tío... ¡Tiñoso mayor! Dicen que se ha casado... Divertida estará la mujer... En fin, ahora me encuentro bien, lo que se dice bien... Estos son otros López. Mira —añadió sin dar tiempo siquiera a que nos sentásemos— ven a ver mi casita; es la gran casa... Gabinete con chimenea y todo... Hoy no han encendido, porque todavía no hace frío ¿sabes tú?, pero voy a mandar que enciendan... volando. ¿Ves?, pasa por aquí... el comedor... chiquito, pero muy desahogado... una cocina hermosa... cuarto para baúles... Da la vuelta por allí... alcoba de columnas y todo...

—Hija —advirtió Portal con ánimo de sacarla de sus casillas—, no me convences. Has pasado de un catre franco a un catre hipócrita. Armiñón tiene más duros que arenas la mar, y no te ha puesto coche, ni te ha vestido los muebles de seda; de manera que... no me digas a mí que se porta. Lo que es el diván de raso, y la victoria y la yegua inglesa, te lo debe como yo debo la vida a mi padre. Andan por ahí la Sevillana y Concha Ríos hechas unas reinas en su milor. ¿De qué te sirven los trajes majos ni los aretitos de piedras, si no puedes ir al Retiro a lucirlos?

—Calla, calla... Déjame a mí de coches. El coche me marea —respondió la pecadora, molestada, sin poderlo remediar, pollo del milor—. ¿Qué te crees tú, que si le pido coche va a negármelo? Pero no lo pediré. Yo tengo mucha dignidá, ¿sabes? Cuando veo personas decentes, y no como aquel Iscariote de tío de este... ¡Hijo, qué tipejo! No será tío verdadero suyo. Puede que la abuela...

Después nos trazó una semblanza de su bolsista.

—Lo mejor que tiene, que viene poco. En jamás hasta que cierra el... el Bolsín —repitió afirmándose en lo dicho—. Y hay días que ni aporta. Hoy, verbigracia. Me ha avisado, de manera que estoy en grande...

—¿Y si se le antoja presentarse de repente?

—¡Vaya una dificultad! Con no abrir... El no tiene llave. Si te digo yo que mejor pasta de hombre... Como yo le diga «coche», va a contestar «de seis caballos». Pues si viene... que mañana le digo que había salido con la Fausta, a ver a mi madre y a Cinta... Lo cree a puño cerrado.

—¿Y esas? —preguntó Portal.

—¿Quién? ¿mi madre y la otra? Pues... hijo, insufribles. Si les diese el Perú me piden el Potosí. No hago más que sacudírmelas, porque me chupan la sangre. Cada bronca que me arman... ¿Y no sabes? A Cinta le ha entrado la tarantela de echarme sermones, y dale con que ella, antes de sujetarse a un hombre por dinero, ha de trabajar y buscarse la vida... Empeñada en meterse a tiple de zarzuela. Lo malo es... que tiene que aprender el solfeo. Pero yo he convencido a mi señor de que me alquile un piano, y que pague maestro, y la muchacha vendrá aquí a dar lecciones. Hay que estrujar el limón... ¿Para qué sirve un rico, digo yo, si no es para eso? Pues nada, tú hoy te quedas aquí, hijo: hoy hacéis penitencia en esta casa... Verás qué vajilla tan mona, y qué cubiertos de plata... Es decir, de plata Meneses: porque no era cosa de exponerse a un robo. Me pondré el vestido bueno de faya francesa, que me regaló ahora poco, día de su santo... Nada, que tengo gusto en que me veáis con mis galas. Estrenaré mi reloj. Rige mal, pero es de oro... Luisillo que se largue si quiere: ¡lo que es tú no te vas...!

Algunos días después del convite de Belén, paseando con Luis por Recoletos, me dijo mi amigo entre severo y envidioso:

—Todos los pícaros tienen fortuna. La Belén, loca por ti: mujer más encaprichada no se ha visto. Ayer tuve que darla buenos consejos para que no plante a su bolsista y vuelva a vivir en un sotabanco, a fin de recibirte a su sabor y con toda libertad. La he dicho que se agarre al señor de Armiñón mientras no le salga otro que tenga más arranque y ponga landó y regale plata fina en vez de Meneses. ¡Lo que yo la he predicado! Ni un misionero... Pero tienes más suerte que un ahorcado, trucha. Cuidado que entrarle así por el ojo derecho a la niña esa... ¿Y qué, aún no estás contento? ¿Aún andas por los espacios imaginarios? Si te parto un alón...

—Pues hijo, párteme lo que gustes —contesté francamente y condensando mis desilusiones en un suspiro—. Chachiño, en el mundo hay algo más que las satisfacciones de la materia. Si me apuras te salgo con que la materia no existe... Es un mito. Idea y más idea. A los dos minutos de haberme despedido de Belén... nada, me olvido hasta de que vive tal mujer en el mundo. Salgo yo de allí todo contrito... y más espiritualista que un diablo.

—No puedo oírte desatinar así —gritaba Portal furioso—. ¿Qué idea, ni qué espiritualismos, ni qué calabazas? Ándate con ideas y sé perdigón. Pues ¿dónde hay ganga como una Belén, una mujer que no se le acuerda a uno más que cuando hace falta? Belén es para ti el premio gordo. Lo que te pasa es que te han embrujado en esa casa maldita de tus tíos. La atmósfera de hipocresía y de estupidez en que vives te va secando el magín poco a poco. ¿Por qué no te vienes a mi posada, vamos a ver? Allí estarías como el pez en el agua. Te sacaríamos inmediatamente los demonios del cuerpo. Trinito, este año, más célebre que nunca. ¿Querrás creer que nos canta no solamente las óperas, sino todo cuanto oye en los conciertos del Salón Romero? Nos tiene de Lohengrín y de Tanhauser y de Parsifal, que no le aguantamos. Y lo mejor es, que piensa meterse a crítico musical. Ayer por poco le tiramos la cafetera a las narices, porque nos rompió el tímpano con el oro del Rhin. Anda, memo, arrímate a nosotros.

—Luis, seré todo lo simple que quieras... pero yo no puedo resistir a esa muchacha. Conozco que es guapa, que me tiene ley, y así y todo... Vamos, no; que no me resulta. A ver si tú, que has armado este lío, lo desarmas pronto. El mejor día la digo en su misma cara que la aborrezco, lo cual sería una crueldad tonta. Nada; dejarlo. El vicio y la desvergüenza podrán entretener un rato, pero hastían.

—Bobalicón, ¿dónde están semejantes desvergüenzas ni semejantes vicios? ¡Pues si Belén, moralmente vale un tesoro para ti! Belén te quiere de verdad; Belén daría por ti la plata Meneses y los zapatos de raso... Belén posee un corazón, y tu tía no, al menos para ti, criatura. ¡Dale con las mujeres virtuosas! Ya me apestan. Más virtuosa es una estatua de yeso, que ni siente ni padece.

—¿Qué sabes tú —murmuré dejando, como a pesar mío, que se desbordase la esperanza—, qué sabes tú si ese corazón existirá para mí? Es mucho hablar el tuyo... ¿Y si existiera?

Portal se quedó repentinamente preocupado y serio. Su entrecejo se frunció, y con voz algo alterada me dijo:

—No quiera Dios que exista. He pensado sobre el caso, y te juro que lo mejor que puede sucederte es que el tal caso no se presente nunca. ¿Lo oyes? Eres un guillati, un loco de atar, y pararás en manos del doctor Ezquerdo. Supón que en efecto la titi te quisiera; vamos, que se revelase ese corazón consabido. Pues después de revelarse y quereros mucho, mucho, como Francesca y Paolo, ¿qué hacías, tonto de capirote? Sepámoslo. ¡Venga ese programa amoroso! ¿Te escapabas con ella? ¿Le ponías un piso? ¿Profanabas el hogar paterno de tu tío, sin más ni más, con toda frescura? ¡Contesta, majadero!

Su interés por mí le cegaba y le irritaba. Sus ojos saltones me miraban con cólera, igual que mirarían a un chico emperrado en cortarse un dedo manejando una navaja.

—Yo no sé qué te responda, chacho... —contesté apaciblemente—. Lo que comprendo es que sería feliz ¿entiendes?, completamente feliz, si me quisiese esa mujer tan buena. Que me quiera. No pido más. Me apartaré de ella, me iré al polo Norte, pero seguro de que me quiere. A eso aguardo y por eso vivo. La respeto como a la Virgen... pero que me quiera, que me quiera.

—Que me quiera, que me quiera —tarareó Portal remedándome la voz y el gesto—. Pues es una borricada muy grande, ¡caracoles!, y yo no puedo aguantar que la digas. Excuso advertirte que no hablo así por el aquel de la moralidad ni del respeto al hogar ¡bsssss! La moralidad... que cada uno se la arregle; el hogar... tal como hoy está constituido es una institución caduca, y el que más la barrene más recompensas merece de la patria. No es eso írabanos! Se trata de la conveniencia... de tu conveniencia propia. Estás perdiendo el juicio y vas a perder el año, ¿por qué? Por un fantasma de tu imaginación. A nuestra edad, todos soñamos con la mujer, y es bien natural que soñemos; pero debiéramos soñar con la mujer cortada para nosotros, y no precisamente con la que nos haría más infelices si nos uniésemos a ella. ¡Que tu tía es muy buena, muy pura, muy santa! Bondad pasiva; sumisión al destino; rutina moral, hijo... y se acabó, se acabó. Tú, casado con tití Carmen, procederías como tu tío: no la dirigirías la palabra a las horas de comer, y la dejarías sola todo el tiempo posible, porque ni ella te entendería, ni tú a ella, ni os resistiríais el uno al otro. Divorcio de alma más completo no se ha visto ni verá. Créelo. No te forjes ilusiones bobas. ¿Serías tú íntimo amigo de un neocatólico sin cultura y lleno de preocupaciones? Pues tampoco serías amigo de tu esposa. Y lo que en ella consideras virtud en el neocatólico de seguro te parece mojigatería.

—Pero —exclamé— ¡cómo te atreves a negar el heroísmo de una mujer que por no presenciar los extravíos de su padre, sacrifica su juventud y se casa con un hombre a quien no puede querer! Ya otra vez hablamos de esto, y me subleva que no estimes el mérito del sacrificio.

—¡Pues por eso, pues por eso! —vociferó Portal, ya fuera de sí—. Yo retuerzo el argumento: ¿cómo te atreves a calificar de virtud la acción de la mujer que acepta a un esposo repugnante, y no prefiere salir a cantar en un teatro como Cinta, o fregar pisos como la alcarreña que nos sirve en casa de doña Desusa? ¿Pues en qué se distingue tu soñado ángel de Belén, por ejemplo? Belén sufre a un protector antipático, porque le conviene... porque así come y gasta y, triunfa... Y tu señora tía...

—Cállate, cállate —grité levantándome furioso a mi vez—. Si dices una palabra más sobre eso, creeré que eres un canallita y te abofetearé, tan cierto como que llamo Salustio. No me nombres a Carmiña después de nombrar a Belén. No busques tres pies al gato...

—Tú eres quien buscas camorra, retal...

—Recual, a mí no me...

—Bueno, pues anda a freír espárragos...

—Y tú a escardar cebollinos...

Etcétera. No añado un detalle más, porque el discreto lector supondrá fácilmente lo que se dirían dos acalorados amigotes. En quince días no le miré a la cara a Luis. El caso es que me parecía que me faltaba algo, la razón práctica de mi vida, el Sancho moderador de mi fantasía quijotesca.

No me hallaba sin sus advertencias, sus burlas, sus enojos y sus lecciones. A la hora de ir a buscarle a su posada, me entraba desazón e inquietud y hasta nostalgia indecible. Echaba de menos el hábito inveterado, la dulce costumbre de la comunicación, del chispazo intelectual, de la contradicción prisma. Hubo días en que llegué a figurarme que me era más indispensable la acostumbrada amistad, que el sueño amoroso. «Maldito si sabía yo —pensé— que necesitaba tanto a este hombre. Es que no me encuentro sin él. Nada, que no me encuentro. Pero yo no me doblo. Que venga si quiere...» Y vino, vino, probándome una vez más que él representaba, en nuestro mutuo trato, el buen sentido o el sentido común, o como se nos antoje llamar a esa cualidad modesta y grata que quita énfasis a nuestros actos y nos enseña a no amargar la vida con necios tesones y quisquillosidades dramáticas. La reconciliación se verificó con la mayor naturalidad: un día, al salir de clase, Luis me empujó el codo, y preguntome risueño: «¿Se ha pasado el cabrito? ¿Vamos a hacer las paces?». Me abracé a él —lo confieso— con toda el alma, tartamudeando: «Luisiño, ¡chacho de mi vida!». Y él se reía, diciéndome: «Quita, memo... parece que vuelves de América después de veinte años de emigración».

Salimos de allí agarrados de bracete, y aquella tarde charlamos más que nunca. «Ya no te llevaré la contraria —advirtió mi amigo con resignación burlona—. Enamórate como un dromedario africano o como Marsilla el de Teruel... yo dejo correr el agua. Tú por ti mismo has de convencerte de la majadería de tus ilusiones. Nosotros, para ser felices, necesitamos mujeres ilustradas, que piensen como nosotros y que nos entiendan. Bueno, yo lo creo así; pero a ti se te ha puesto en el periquito que nos convienen las damas del siglo XIII o las santas góticas pintadas sobre fondo de oro... adelante. Ya te convencerás. Aparte de que la tití... chacho, ni esto. La lucha con lo imposible acabará por cansarte. Ea, no te atufes. Dime cómo andan tus amores; aligera ese corazoncito.»

—Luis —murmuré con misterio— yo no sé si me quiere o no me quiere a mí. Pero estoy cierto... ¡atiende bien!, de que le repugna su marido.

—En eso demuestra buen gusto.

—No me equivoco, no. La observo, Luisiño, la observo. Está la pobre descolorida: apenas come; por las mañanas, cuando va a la iglesia, y sobre todo los días que comulga, manifiesta cierta serenidad; pero por las noches... ¡Ay! Yo creo que tiene la cuotidiana de la repugnancia.

—¿Y el marido? ¿Se distrae por ahí?

—Me parece que no. Se retira a horas razonables, aunque salga a conferenciar con Sotopeña o al Círculo. A Belén no intenta verla: me consta. Mi tío es avaro, ya lo sabes, y por economía capaz es de contentarse con lo de casa... Luis, yo trago mucha saliva, pero me consuela saber que ella está triste y padece.

—Bonito consuelo. Y sabe Dios si te engañarás, y si esa mujer se entenderá perfectamente con su marido.

—Es que si yo la viese hecha una tórtola con él... no sé qué me sucedería.

—Que se te quitaría el viento de la cabeza. ¡Los diablos carguen contigo!

Pasábamos esta conversación a tiempo que saliendo de la calle Mayor, penetrábamos en el famoso Viaducto o suicidadero. La tarde, de magnífica serenidad, convidaba a arrimarse al alto enverjado y admirar al través de sus huecos el punto de vista, acaso el más hermoso de Madrid. Sin entretenernos en resolver los libros viejos, de texto la mayor parte, mugrientos y maltratados casi todos, que vendía al aire libre y sobre el santo suelo un vejete con facha de maniático, aproximamos la cara a los hierros y nos embelesamos en mirar primero el grandioso panorama de la izquierda, el rojo palacio de Uceda con sus blancos escudos a que sirven de tenantes fieros leones, las mil cúpulas y rotondas de templos y casas que domina, esbelta como la palmera, la torre mudéjar de San Pedro. Luego nos volvimos hacia la derecha, encantados por la fresca verdura del jardinete que a gran distancia debajo de nosotros extendía un tapete de coníferas y arbustos en flor. Allá a lo lejos, el Manzanares trazaba sobre las verdes praderas una ese de metal blanco, y el Guadarrama erguía su línea blanca y refulgente detrás de los severos y escuetos contornos de las sierras próximas. Pero lo que nos fascinaba, la nota sublime de aquel conjunto, era la calle de Segovia, a pavorosa profundidad, abajo, abajo... Luis me apretó la muñeca diciéndome:

—Hijo, este viaducto explica todas las muertes que han ocurrido en él.

—Como que convida a arrojarse —respondí sin dejar de contemplar el abismo del empedrado y sintiendo ya en la planta de los pies el hormigueo del vértigo.

—Mira un suicida, chacho —exclamó súbitamente Portal, señalándome a un hombre de muy derrotadas trazas, apoyado en la barandilla también—. Lo que es ese se tira de un momento a otro.

Me acerqué curiosamente. El presunto suicida se volvió... ¡Cuánto tiempo hacía que no viera su rostro noble y expresivo, su mugrienta y astrosa ropa, sus ojos negros, su apostura gallarda! ¡Pobre Botello! Experimenté rara y extraordinaria alegría al encontrar a aquel ser incoherente, a aquel ripio social, inofensivo e inútil.

—¿Ibas a matarte? —le pregunté sonriendo, pasadas las primeras efusiones y los primeros abrazos.

—¡Hombre! no... —respondió el huésped de Pepita—. Solo meditaba, por entretenerme, en lo sabiamente que obraría si me tirase de cabeza. Esa calle, con sus piedras duras, me llamaba a voces. Así se acabarían todas las trampas y todas las miserias... ¿No sabéis? Pepa casi me ha plantado en la calle... Apenas fumo... Tengo un cuarto donde duermo, pero eso de comer es un lujo que desconozco. La vizcaína anda rabiosa porque don Julián hizo la del humo, y se niega a mantenerme. Me han embargado mi pensión. ¿Me pagáis un bisté?

Salimos a la calle de Bailén, y no tardamos en instalarnos en un figón, delante de unas chuletitas esparrilladas muy apetitosas. El perdis nos dijo melancólicamente:

—Hay días en que estoy tan desesperado, que hasta se me ocurre trabajar en cualquier cosa. Pero ¿en qué? Y además, esas son ideas absurdas, hijas de la debilidad o del coñac. No; cuando tenga una peseta la apunto y me gano cien. Yo no sirvo para la ignominia del trabajo. Quédese para los negros. Y después, siempre le salen a uno buenos amigos que no niegan un duro a quien se lo pide. No creáis que vivo del sable, hijos; no; sablazo es cuando ofrece uno pagar... y yo no ofrezco nunca semejante desatino. El que me presta me regala. ¿Sabéis la que me jugaron Mauricio Parra y Pepe Vidal estos Carnavales? ¿Les conocéis? Uno de arquitectura, y otro de minas. Están de huéspedes en casa de Pepa Urrutia. Pues nada, que nos vino una huéspeda de buen trapío... una viuda cordobesa, ¡más salada...! y yo... la miraba un poco. Una noche supe que iba al baile del Real... ¡Y yo sin un cuarto! Mauricio y Pepe me animan y me toman la entrada... van conmigo...

Se nos acerca la mascarita... que la conocí perfectamente... «Tengo sed... ¿Me convidas? ¿Vamos al buffet?» Yo vi el cielo abierto... y el infierno, porque no tenía un ochavo. Echo la mano atrás, y con ella hago señas a Mauricio y Pepe... Siento que me ponen en el hueco de la mano una moneda... ¡Dios! ¡Qué será! De fijo un duro... aunque parecía algo chico. Me lo echo sin mirarlo al bolsillo, y ¡zás! subo tan intrépido... Ella se pone a comer pastelillos, a beber Jerez... Yo temblando que la cuenta pasase del duro... Nunca acababa de engullir la buena señora... Al fin se resuelve a acabar, y yo saco del bolsillo la moneda y le digo al mozo con gran prosopopeya: «Cóbrese usted». «¡Pero, caballero, si me da usted un perro grande!» ¡Hijos, la que allí se armó! Creí que me llevaban a la prevención derechito... ¡Y qué chacota! Pues así, así vive uno, y así está siempre: más arrancado hoy que ayer, y más mañana que hoy. Ya supondréis que mi portuguesiño se ha vuelto a Portugal; en cambio, tengo a un diputado provincial conquense, a quien se le ha puesto en la cabeza ser autor dramático, y le acompaño entre bastidores, porque se le antoja que debo conocer íntimamente a los actores y actrices; y en efecto, los conozco; ¿quién no conoce aquí a todo el género humano? Pero no sé qué papel compongo en Lara, en Eslava y en Apolo; el caso es que los acomodadores me toman por actor, los actores por autor tronado, y yo allí de coronilla con mi diputado provincial, empeñado en que le representen su apropósito, o juguete, o revista, o lo que sea...

—¿No lo sabes a punto fijo?

—No. Cien veces intenté leérmelo; pero por ahora voy parando el golpe. Veremos si lo consigo hasta el fin. Adiós, salvadores míos... Mis ideas de muerte ya se han disipado. Gracias.

«Hoy el cielo y la tierra me sonríen;
Hoy, llega al fondo de mi alma el Sol;
Hoy me disteis chuletas ¡dos chuletas!
Hoy creo en Dios.»

Declamando así, Dumillas nos estrechó las manos con las suyas puercas y enlutadas, y se fue...

—Ahí tienes al romanticismo —murmuró desdeñosamente Luis alzando los hombros—. ¡Qué falta tan grande les hace a este y a los que son como él un curso de sentido-comunología!

XXI

Que dijese lo que gustase Portal, yo estudiaba la fisonomía y las acciones de tití, y con la doble vista de la pasión comprobaba una repugnancia, un desvío cada vez más acentuado y profundo... Dramaturgos que prodigáis venenos y puñales en vuestras espeluznantes creaciones; poetas que cantáis horribles tragedias; novelistas que realizáis tantos asesinatos como capítulos, decidme si hay conflicto más tremendo que aquel cuyas peripecias se desarrollan en el fondo del alma de una mujer unida, sujeta, enlazada día y noche al hombre cuya presencia basta para estremecer de aversión todas sus libras. Y dirán los que creen que la psicología es —como las positivas, exactas, físicas y naturales— una ciencia de hechos: ¿pues por qué había de repugnarle tanto a su mujer ese marido? No hay razón suficiente. Ninguna falta grave había cometido contra ella. Reina y señora en su casa, su esposo no le hacía infidelidades, antes bien se mostraba asiduo, aficionado al hogar y a la joven esposa que le aguardaba en él. ¡Ah! es evidente que la antipatía de tití era irrazonada, y por lo mismo más fuerte, más honda, más imposible de combatir y desarraigar. Se combate al adversario cuando tiene cuerpo, no cuando es impalpable sombra, real solamente allá en los oscuros antros de nuestro espíritu. Maridos hay que maltratan a sus mujeres, que las traicionan, que las arruinan, y sin embargo son amados, o al menos no repugnan. ¿Quién puede precisar de dónde sopla esa aura llamada Repulsión?

No es odio. El odio tiene porqué, se funda en motivos, se razona y se justifica: y si a veces me he dejado decir que yo odiaba a mi tío, me he expresado mal, con poca exactitud. No era odio lo que sentíamos hacia él su mujer y yo, sino algo menos vencible: repulsión profunda. El odio puede convertirse en amistad, hasta en amor, porque como se origina de causas positivas, otras causas positivas logran desterrarlo; pero la repugnancia misteriosa, la antipatía que nace de las profundidades de nuestro ser psíquico, esa no muere, ni se extirpa, ni se transforma: contra la sinrazón no hay raciocinio, ni lógica que valga contra el instinto, el cual obra en nosotros como la naturaleza: directa e intuitivamente, en virtud de leyes cuya esencia es y será para nosotros, por los siglos de los siglos, indescifrable arcano.

Convengamos en que tití Carmen no odiaba a mi tío Felipe. En su bondad no cabía el odio. Mi tío le había dado su nombre, su posición, tal cual fuese; mi tío no la maltrataba, ni siquiera notaba yo que le escatimase mucho el dinero, aunque bien veía que la esposa, a ser dueña de su voluntad, ensancharía el renglón de limosnas... El matrimonio de mis tíos era, pues, como uno de tantos que se ven hoy, en apariencia tranquilos, y hasta dichosos, unidos por esa concordia decorosa y burguesa que está de moda en nuestra sociedad, donde las costumbres, lo mismo que las calles, se tiran a cordel, cada día más rectas y simétricas. Pero así como dentro de las casas de esas calles tiradas a cordel se desarrollan episodios trágicos, y laten el amor, el vicio y el crimen, lo mismo que en las más tortuosas de la Edad Media, así bajo la capa de buena armonía y mutua consideración de aquella pareja veía yo el real maridaje, la predisposición tiránica y mezquina del marido y la repulsión inconsciente, fría, tremenda, de la mujer.

A veces decíame a mí mismo: «Cuidado que tiene razón Luis, y que soy tonto». Poco debiera dárseme de la repugnancia conyugal que en tití observo a cada rato. Lo que podría preocuparme, serían los sentimientos que la inspiro. Si me quisiese como yo la quiero, ¿qué importaría que, a semejanza de ciertas heroínas de dramas y novelas de ahora, sin dejar de airarme con locura, consagrase también a su marido un tiernísimo cariño y una veneración y respeto filiales, o fraternales, o conyugales, etc.? Que ella me correspondiese, y lo demás debía pasar para mí entre bastidores del alma... allí donde no conviene que penetre nadie. ¿Qué saco en limpio de que mire con malos ojos a su legítimo dueño, si a mí no me mira?».

Pues yo no sacaría nada: pero el caso es que espiaba los indicios de la tal antipatía con intenso gozo. Lo mismo que al sospechar si la mujer amada pagará nuestro amor, acechamos con afán una ojeada, una sonrisa, un rubor fugitivo, el paso de una emoción que rasgando el delicado velo en que se envuelve el alma femenina, descubra y patentice la recóndita hoguera, así yo estudiaba las inflexiones de la voz, la chispa mal amortiguada de los ojos, el temblor apenas perceptible de los labios, que me delatasen el estado moral de la esposa.

A las horas de comer, yo observaba tenazmente, haciéndome el distraído, jugando con el tenedor o siguiendo con mi tío conversaciones de política

—discusiones casi siempre—. Estoy convencido de que todo puede fingirse, todo puede sujetarse a la voluntad; todo, hasta la expresión de la cara, pero no la voz. Tití llegaba a mandar en sus músculos, a apagar sus pupilas, a inmovilizar las ventanas de su nariz fina y palpitante; pero nunca conseguía que su acento, de notas graves, pastosas y bien timbradas citando se dirigía a otras personas, no fuese mate y sordo al hablar a su marido. Y aparte de la voz, había mil indicios evidentes. El más claro, su afán de prolongar la velada. Por su gusto, aquella mujer no se recogería nunca. ¡Ah, qué deliciosa impresión para mí —las pocas veces que logré acompañarla de noche— el verla retrasar la hora con mil pretextos, enfrascarse en su labor, alegar que se había puesto tarea, que hasta que la terminase no se acostaría, que tenía aún que escribir dos letras a su padre o a sus amigas de Pontevedra, hasta que mi tío ordenaba la retirada sin miramientos! Estas observaciones no podía yo hacerlas sino la noche de algún sábado: las restantes de la semana tenía que acostarme temprano, por mis clases. Solía ponerme al lado de la chimenea, en el gabinete contiguo a la alcoba, cuyas columnas adornaba un pabellón de felpa y damasco verde musgo, dejando entrever el mueblaje de la odiosa cámara donde diariamente se consumaba el inicuo misterio de la absoluta intimidad de dos seres que ni se amaban, ni tal vez se estimaban, ni se entendían, ni tenían más punto de contacto que haberles echado a un tiempo la misma estola el fraile moro.

Una mañana recibí carta de mi madre, escrita en el estilo precipitado e incoherente de costumbre, sin puntuación, no hay para qué decirlo, y consagrada toda a participarme cierta extraña noticia. «No sabes la carnavalada el viejo chocho de Aldao cayó con la mocosa de Candidiña lo envolvió lo mareó lo volvió tarumba le hizo rabiar hasta que consintió en casarse pero no en público sino de ocultis muy a cencerritos tapados el cura citando le preguntan lo niega el viejo lo mismo pero yo lo sé por quien lo vio y lo presenció con sus ojos y en Pontevedra corren unas coplas muy indecentes sobre el fenómeno parece las escribió el director de El Teucrense es cosa de risa lo que no logra una chiquilla descarada dice que le regaló mantilla y vestido de seda negra Dios nos conserve el juicio y nos libre de chochear no sé si la hija está enterada si no cállate que se sepa por fuera que va se lo escribirán a Felipe sus paniaguados buena la hizo ya tiene madrastra me alegro por haberse burlado de nosotros.»

Excusado me parece decir que apenas pude coger a la tití sola, me apresuré a leerle la rara nueva, no sin grandes preámbulos y trasteos. Lejos de asustarse o de afligirse, la hija del señor de Aldao reveló satisfacción.

—Dios me ha oído —dijo con ímpetu—. Dios me premia, Salustio. A la edad de mi padre más vale estar casado que... de otro modo: por su misma dignidad, me alegro: puedes creer que me alegro, aunque preferiría que hubiese tenido distinta elección. Pero ya lo hizo: ahora, que resulte bien.

—Yo no quiero echarte a perder la alegría —respondí—, pero, Carmiña, a la edad de tu papá, un hombre se expone bastante, aun en el terreno de la dignidad misma, casándose con chicuelas de dieciséis años.

—Allá ella y su conciencia —arguyó tití—. Probablemente, ahora que está casada, se mirará muy mucho en faltar a sus deberes. Antes no los tenía; podía excusársele alguna informalidad.

—Y era una veleta, tití... y seguirá siéndolo, porque lo tiene de condición. ¡Cuidado con la rapaza! ¡Llevar a ese señor hasta tal extremo! Te aseguro que es pájara de cuenta tu señora madrastra. No veo claro el porvenir.

—Bueno, pues Dios sobre todo. Dejemos que haga su oficio la gracia del Sacramento.

—¿Crees tú en la gracia del Sacramento? —pregunté acordándome de Luis y sonriendo a pesar mío de un lenguaje que de tal modo contrastaba con mis ideas y convicciones, y sin embargo, en labios de mi tía, me estaba pareciendo la fórmula misma del decoro y de la belleza moral.

—¡Qué pregunta! ¿Pues no he de creer? Lucida estaba si no creyese. Cuando Dios instituyó el Sacramento, se obligó a ayudar con su gracia a los que lo contraen. Sin semejante ayuda no habría matrimonio posible.

—La gracia consiste en quererse, Carmen —murmuré llegándome a ella un poco y clavando mis ojos en los suyos. No deseaba convencerla, bien lo sabe Dios, ni seducirla, sino al contrario, que ella desplegase todas las monerías de su ciencia teológica, y luciese ante mí, como amazona aguerrida, las armas bien templadas con que escudaba su virtud. Pero me salió la pascua en viernes, porque tití no estaba para controversias. Solo me contestó con afabilidad:

—Es natural que pienses así siendo muchacho y teniendo las ideas que tienes, y que siento muchísimo que no sean más religiosas. Los años te desengañarán, y juzgarás mejor. Ya sentarás la cabeza.

—Bueno, Carmiña; si yo para sentarla no necesito sino una palabrita tuya... ¿Dices que eso de quererse es un disparate? Pues basta que lo digas; lo creo. Pero al menos, no me negarás que para ser felices, por muy santos que me los supongas, los cónyuges necesitan profesarse algún afecto; vamos, al menos no aborrecerse, no repugnarse, no mirarse con antipatía. ¿Me engaño?

Carmiña palideció, y sus párpados aletearon ligeramente. Me miró severa y dolorida, como diciendo: «Esa es conversación vedada, y extraño que la toques».

Yo me llevé de aquel breve diálogo, interrumpido por la llegada de mi tío, una provisión mayor de esperanza. Mi tío entró apresuradamente, mal engestado y azoradísimo. Apenas vio a su mujer, sacó del bolsillo una carta.

—Carmen... ¿qué es esto? ¿Sabías algo tú? ¡Porque me escribe Castro Mera diciendo que en todo el pueblo está corrido que tu padre se ha casado secretamente con la sobrina de su doncella!

Tití afirmó la voz antes de contestar, y lo hizo sin miedo.

—Debe de ser verdad, porque a Salustio se lo escribe también Benigna.

—¡Y me lo dices así... con esa tranquilidad! —gritó el marido. Hay momentos en que se corre la cortina, se sorprende el alma desnuda, y se ven sus formas misteriosas, por muy aprisa que el sorprendido las quiera cubrir. En aquel grito vi yo patente toda el alma de mi tío, seca y dura, interesada y vil, semejante a otras muchas que andan por ahí metidas en cuerpos de aspecto menos judaico.

—¡Me hace gracia la frescura con que lo tomas! —prosiguió exaltado y fuera de quicio—. Según eso, ¿no te importa que se haya vuelto loco tu padre? Porque eso es locura senil, chochez, y tu hermano y yo nos uniremos para anular la boda e incapacitar a ese viejo. ¡Casarse! Pues hombre, ¡tiene chiste! Eso se llama reírse del mundo y dar la castaña a los tontos de los yernos!

Sus ojos despedían chispas; su nariz corva acentuaba más la expresión de rapacidad y codicia de su boda innoble; su tez se había inyectado, igualándose casi en tonos con su barba; y su mano convulsa agarraba y soltaba, con estremecimiento maquinal, el cuchillo, el tenedor, la servilleta, de encima de la mesa preparada para el almuerzo.

—¡Qué quieres! —respondió con firmeza la esposa, ocupando su sitio como si fuésemos a almorzar pacíficamente—. Mi padre es dueño de sus acciones, por lo mismo que le autoriza la edad. No es cierto que esté chocho, y el respeto que le debemos nos prohíbe intentar nada contra sus resoluciones. Paciencia. Peor sería que viviese dando escándalo.

—Eres una tonta —exclamó el marido, descomponiéndose por primera vez y dispuesto a echarlo todo a rodar—. A la edad de tu padre, hija mía, ya no hay escándalo, ni Cristo que lo fundó: lo que hay es disparates y locuras y ridiculeces, y la mayor de todas, esa de casarse con una muchacha de pocos años y de baja extracción, ¡una criada!, para encontrarse, a la vuelta de un mes, con que la cabeza no le cabe en el sombrero. Las mujeres no entendéis de nada, ni sabéis lo que decís. Falta de experiencia y de mundo, que ni lo conocéis, ni tenéis motivo para conocerlo. Por eso la mayor parte de las veces obraríais muy bien en callaros, ¡sangre de Dios! Y tu papá —ya que lo quieres oír—, antes de casar a su hija, procedería más correctamente si dijese al futuro yerno: «Felipe, aunque se me caen los calzones de puro viejo, no hay que fiarse; yo estoy animoso, y no tardaré en contraer nupcias. Y como a mi edad siempre se tienen hijos, vendrán dos o tres muchachos que dejarán a mi hija aspergis». Qué bonito, ¿eh? ¡Qué bonito!

Mi tía, callada. La palidez de sus mejillas, el anhelar de su pecho y el resplandor de sus ojos, indicaban la interior indignación, la plenitud del espíritu y la ebullición de la protesta... Pero en vez de abrir la válvula, se reprimió, cogió el vaso de agua que tenía cerca, y sentí el choque del cristal contra sus dientes al beber, choque que indicaba la oscilación del pulso... Mi tío, sin tomar en cuenta para nada aquella emoción y aquel valeroso silencio, exaltándose con sus propias palabras, continuó:

—Ahora mismo voy a ponerle una cartita caliente, diciéndole lo que viene al caso... Me ha de oír, te lo juro. Ha de salirse por cara la trastada esa, o no me llamo Felipe. Yo le crearé tales dificultades, que ha de acordarse del santo de mi nombre... Y se imaginará que voy a consentir que tú te trates con esa preciosidad de madrastra.

—En primer lugar —respondió lentamente mi tía, haciendo un esfuerzo—, creo que la boda, por ahora, es secreta; y en segundo, bien me trataba con ella cuando estaba allí... expuesta a cosas peores. ¿Por qué no he de tratarme, hoy que es la mujer de mi padre, si se porta bien?

—¡Portarse bien! ¡Eche usted portes! —exclamó irónicamente mi tío—. ¡Portarse bien! Ya te lo dirán de misas los señoritos de Pontevedra y de San Andrés... En fin, a mí eso me tiene sin cuidado...

—Pues a mí, eso será lo único que me importe —contestó mi tía con vehemencia, no pudiendo reprimirse ya—. Que no tenga mi padre que avergonzarse de su elección, y lo demás sea como Dios quiera, que al fin y al cabo, así ha de ser.

¡Oh dureza empedernida de los hebreos, con cuánta razón te estigmatizó Cristo! Aquellas palabras, dictadas por el sublime ímpetu de la fe, hubiesen conmovido a una peña; pero mi tío era macho más duro que las peñas mismas, y arrojando la servilleta, se levantó de la mesa, bufando entre dientes.

—Sobre que uno aguanta la mecha, le salen con estupideces y ñoñerías. ¡Tiene alma, hombre! ¡Mire usted que casarse ahora aquel estafermo! ¡Oír defenderle aquí, aquí, en mi misma cara!

Salió del comedor. Yo salí tras él: quería saber adónde se dirigía y llevaba mi objeto al dejar a Carmen sola. Oí a mi tío cerrarse en su despacho, sin duda para escribir al suegro la carta «caliente». Entonces retrocedí, y volviendo de repente a entrar en el comedor, me acerqué a Carmiña, y sentándome a su lado, murmuré con ternura:

—No llores, tití... Anda, no llores... Tontiña, no hagas caso.

No me había engañado en mi suposición. Azorada, volvió la cabeza, y vi los ojos arrasados, que secó instantáneamente la enérgica voluntad. En voz casi entera, me contestó, desviándose un poco:

—Gracias, Salustio, ya pasó... No se puede remediar a veces tiene uno tonterías así...

—Es que ese hombre te habla de un modo, que me indigna. Trabajo me costó callar. Y tú, ¿cómo resistes...?

—No, no, eso no; no digas siquiera eso. Es mi marido, y no ha de andar escogiendo las palabras.

—Sí señor que debe escogerlas. A una mujer como tú, que es la santidad, la bondad en persona, se la habla en esta postura... así... ¿ves? —murmuré hincando la rodilla en tierra.

—Si no te levantas me enfado, y si vuelves a decir eso, también —contestó tití poniéndose en pie resueltamente—. No te agradezco estos consuelos, Salustio: más bien parecen lisonjas, y lisonjas a mí... tiempo perdido. ¿Quieres que te diga la verdad? Pues la culpa de esta desazón es mía, mía solo. No debí llevarle la contraria a Felipe, sino dejar que se apaciguase el primer enfado, y después hacerle reflexiones. Al pronto se comprende que le haya molestado el casamiento de papá. Pongámonos en lo justo. Ningún marido se irrita contra una mujer que no le contesta. Por la lengua vienen todas las discusiones matrimoniales. Nuestro papel es callar.

—No, bobiña, vuestro papel es hablar cuando tenéis razón; lo mismo que nosotros, aunque nosotros hablamos muchísimas veces sin tenerla. De modo que si tu marido suelta una barbaridad enorme... que no hay Dios, supongamos, ¿tú no debes replicarle?

—Mientras esté irritado, no... porque, ¿qué conseguiré? Echar leña al fuego, nunca persuadirle. Pero así que se aplaque, con suavidad y con cariño, le puedo hacer mis objeciones, lo mejor que sepa... y entonces sí que me oirá y se convencerá.

No supe qué replicar, pues aun cuando se me ocurrían mil reparos, el criterio de tití me subyugaba enteramente, pareciéndome el único digno de ella. Era un día nubladísimo; el comedor daba al patio, y las espesas cortinas, retrasando la luz, contribuían a hacerlo más lóbrego. Los pliegues de aquellas cortinas, de color parduzco y tela tupida, se me antojaron, por repentino capricho de la imaginación, el plegado de un hábito de fraile, contribuyendo bastante a la semejanza el grueso cordón que las ceñía y sujetaba al alzapaño. Los arabescos de la cortina, a cierta altura, me figuré que dibujaban con suma propiedad la cara de un hombre. Era un fenómeno de autosugestión, que evocaba allí, oyendo nuestro diálogo y burlándose de mí con sandunga, el fantasma o representación del padre Moreno. «¡Maldito fraile! —dije mentalmente a la cortina—. Te has de llevar chasco, yo te lo prometo. Porque nada violento y absolutamente contrario a la naturaleza humana es durable, y esta abnegación heroica y esta fuerza que hace mi tía a sus sentimientos más profundos no pueden llegar hasta un límite indefinido. Ya vendrá ocasión en que salte el resorte... y yo la atisbaré, te lo juro, fraile tontín, que no has probado la única felicidad verdadera de esta vida.» Por casualidad mi tití fijaba la mirada en la cortina, con esa intensidad de las personas que miran sin ver y a quienes distrae una idea triste. Me figuré que veía lo mismo que yo en las arrugas de la tela, y que también para ella se destacaba allí, callada pero elocuente en su actitud, la sombra del fraile...

¡Qué diera yo entonces por penetrar en los secretos camarines de aquel cerebro femenil, y leer la proclama revolucionaria que en ellos estaba escrita, de seguro, por invisible mano! Pero la esposa no dejó salir nada al exterior. Levantándose, pasó a la cocina y se enteró de cómo andaba lo del almuerzo. «Porque tú ya tendrás hambre, Salustio», dijo volviéndose a entrar, serena y dueña de sí.

XXII

¿Cómo sucedió que descendiese a mi alma un rayo de divina alegría, de esperanza insensata y deliciosa, de luz en fin, parecido al que supone la tradición popular que penetra el día de la Candelaria en las tinieblas del Limbo? A ver si puedo recordarlo con todos sus detalles insignificantes y hasta cómicos, con su mezcla de sueños y realidades, tan inseparables, que no sé dónde acaban los primeros y empiezan las segundas, ni puedo jurar que estas hayan existido más que dentro del sujeto que las percibía, en mi propia representación, que es para mí mismo la realidad suprema.

Es el caso que Trinito, nuestro cubano filarmónico, habiendo recibido cierta plata enviada de su ínsula, se dedicó a gastarla sin ton ni son, ni gracia ninguna, desmadejadamente, como hacía él todas las cosas; y entre sus despilfarros se contó el de convidarnos a butacas del Real, para ver el estreno de una ópera española muy discutida y comentada de antemano por los periódicos. Vanamente le objetamos la inutilidad de este derroche, pues nosotros estaríamos mucho más a gusto en el paraíso, entre niñas cursis y guapas y, aficionados competentes en el divino arte. Pero él, que a lo que aspiraba era a darse tono y a jalear el estreno de cierto frac, no quiso oírnos y nos arrastró a Portal y a mí hacia el coliseo: el zamorano ni hecho pedazos consintió en acompañarle. Ni Portal ni yo poseíamos frac; solo que nos dejamos de chiquitas y nos encajamos la levita —el fondo del baúl—, esperando que nadie se fijaría en nosotros, y todas las miradas serían para el cubano, según iba de resplandeciente y repampirolante. Su frac y pantalón nuevos brillaban con el charolado especial del paño fino, y la estrecha solapa de raso, bajando hasta la cintura, realzaba la pechera blanquísima. El hombre, a fin de no perdonar circunstancia, se había gastado su pesetita en una olorosa gardenia, que lucía en el ojal con corrección irreprochable. Clac no se lo compró por falta de tiempo; pero entró en el teatro ocultando el hongo bajo el capote, a fin de no estropear el rizado del pelo y la primorosa raya. Nosotros ocupamos nuestros asientos un tanto cohibidos, aspirando a que nadie nos mirase ni viese; pero Trinito, plantado en pie y vuelto de espaldas a la orquesta, sacando el pecho donde bombeaba la fina camisa y pasándose la mano, desnuda de guantes, por el cabello bien atusado, parecía un gomoso de los más estirados y cargantes. Aunque el sentido de la vista, en el cubano, era tan expedito como el del oído, se había alquilado los grandes gemelos, y los clavaba alternativamente en los palcos entresuelos y plateas, y en las filas de butacas, pasando revista a las beldades, a los descotes y a las galas y joyas. Portal, muy encogido y acurrucado, se divertía en decirle sotto voce que la reina Cristina le flechaba sus lentecitos de mango largo, y que la infanta Isabel hacía señas a la infanta Eulalia para que se fijase en aquel nuevo dandy tan desconocido como fascinador.

Pero apenas se hubo levantado el telón, entrole a Trinito su acceso de epilepsia musical, y estuvo pendiente del tejido de la ópera, la cual por espacio de cinco horas nos zarandeó de Wagner a Meyerbeer, y de Donizetti a Rossini, pues de todo había en ella menos de nuevo y español. Trinito, en su exaltación y con la implacabilidad de su retentiva música, no nos dejaba vivir. «¡Camaradas, esto es ajiaco puro! Ahí ha metido el hombre el largo assai de la ópera 32 de Mendelssohn! Anda, anda, pues si se ha calzado enterito el allegretto de la introducción del Don Juan! Toma... eso es de la Flauta encantada: quince compases lo menos hay igualitos, calcados al pie de la letra... ¡Este maestoso está en El Barco Fantasma o en Parsifal...!»

—O en las Habas verdes —añadía Portal con flema.

—No, pues no reírse, que algo hay de Habas verdes, o cosa parecida: porque esa especie de tango yo lo he oído en zarzuela... Ahora saltamos a la sinfonía en ut menor del sordo sublime... Camaraditas, estoy indignado. Voy a protestar. De esto a salir a los caminos con trabuco...

Al segundo acto de indignación de Trinito fue en un crescendo no menos estrepitoso que el del concertante final; al tercero nos aburrió a todos con sus investigaciones de reminiscencias y plagios, empeñándose en buscar a gritos, llamando la atención de los espectadores, los fragmentos de una mano de Mozart o de una canilla de Beethoven que por allí andaban desparramados: y al cuarto su indignación adquirió proporciones tan imponentes, que no nos permitió ver la conclusión de la ópera. «Larguémonos, antes que llamen a la escena a ese monedero falso. Yo silbaría, si me quedase, y no es cosa de armar escándalo aquí. Vámonos, pues: prudencia. Estoy tan atufado, que no sé lo que hago. Sujétenme, llévenme a la calle.» Admirados de aquel arrechucho, no menos sorprendente en la dulce flema del cubano de lo que lo sería en un canario o un cordero, nos resignamos a salir antes que nadie, y echamos, por el salón de descanso, hacia la puerta.

Sin transición, desde la atmósfera recaliente, vibrante, zumbadora de las butacas, cruzamos al helado pasillo, más glacial aún por estar desierto, pues únicamente dos acomodadores daban vueltas por allí. Una corriente de aire, aguda como un estilete, se coló por mi boca entreabierta para reír y por mis dilatadas fosas nasales, llegando instantáneamente a mi pecho, donde noté una constricción singular.

—Taparse la boca, señores —advirtió el práctico Luis—. Vamos a pescar la gran pulmonía de la Era cristiana. Tápate, Salustio, no seas memo.

Yo buscaba el pañuelo para ampararme con él, pero ¡ay! sentía ya ese aviso extraño, esa punzada oscura y sorda de la enfermedad que traidoramente se nos ha metido en el cuerpo aprovechando nuestros descuidos e imprudencias, a manera de ladrón que ve puesta la llave y no pierde la coyuntura de registrar el arca.

—Yo creo que ya la he pescado —murmuré con alguna inquietud.

—No seas aprensivo. Vámonos a Fornos a tomar un ponche. Anda, verás qué calentito y qué bueno —dijeron mis compañeros, a tiempo que salíamos al páramo de la Plaza de Oriente. Y fuimos a Fornos y tomamos el ponche, todo a cuenta de la plata de Trinito, quien nos hizo de nuevo una monografía sobre los plagios y rapsodias de la ópera, y nos tareó su indignación y hasta nos la tecleó sobre la mesa. ¡Esta vez se resolvía a escribir una crítica musical! ¡Ya lo creo! Iba a triturar al compositor, o por mejor decir al rata que había cogido infraganti visitándole a Wagner la faltriquera.

Me retiré tarde y dormí mal. Al otro día desperté con inexplicable fatiga y desaliento, con esa especie de tædium vitæ marasmo que precede a los graves desórdenes patológicos. Tití observó que tenía muy mala cara y me rogó que me acostase, regañándome suavemente por las horas imposibles a que me había recogido la noche anterior. Accedí, porque me sentía tan rendido, que como decimos en la tierra, ningún hueso de mi cuerpo me quería bien. Al retirarme, dije a Carmiña en suplicante tono:

—¿Irás a verme?

—¡No faltaba más! Ya se ve que iré. A llevarte una taza de flor de malva bien hervidita para que sudes... Eso que tienes es un resfriado. Locuras que habrás hecho.

Apenas me acosté izas!, se declaró victoriosamente la calentura, y la fatiga, y la congestión de los órganos respiratorios. Empecé a divagar, a perder la brújula: aquello seguramente no sería delirio, pero sí una especie de libre y caprichoso viaje de la imaginación al través de las regiones más hermosas para mí cuando me sentía completamente dueño de mis facultades. En los intervalos lúcidos de la modorra y entre la angustia de la disnea, volví a ver el Tejo, con su ramaje verde oscuro, que se recortaba sobre el azul divino del cielo y sobre el luminoso y pálido verdor de la ría; oí cánticos de labradoras, gaitas que repicaban la alborada, cohetes, arpegios de piano, y hubo instantes en que juraría que un negro murciélago entraba revoloteando por la ventana y, traspasado por un alfiler, agonizaba a mi vista... Por supuesto que el padre Moreno estaba allí, y unas veces me servía de consuelo su presencia, y otras me irritaba hasta tal punto, que de buena gana le hubiese arrojado a la cabeza cualquier cosa. En aquel trastorno de la fiebre debí de cantar, y también debí de enunciar fórmulas y plantear problemas de ciencia matemática. Lo que sé es que por cima del delirio, de la calentura, de la horrible opresión, de la constricción de mis bronquios y pulmones, revoloteaba una sensación encantadora. Tití no salía de mi cuarto; tití me aplicaba los remedios, me arreglaba las sábanas, me servía y atendía en todo; y cuando en un movimiento involuntario hijo de la fiebre se me ocurrió echarle los brazos al cuello... pensé... ¿era desvarío? que aquella mujer fuerte, inquebrantable, lejos de hacer el menor movimiento para apartarse de mí, me devolvía la afectuosa demostración. Yo juraría que sus ojos me miraban tiernos y dulces; que sus manos me acariciaban y halagaban como se halaga y acaricia a un niño; que su boca murmuraba frases de miel, cuyo sonido era una música del corazón... Y dejándome llevar de mi fantasía, pensé al adormecerme bajo la acción de un enérgico medicamento:

—Tití me quiere, me quiere, no cabe duda. ¡Qué feliz voy a ser si no me muero!

Suspiré, di media vuelta, y si pudiese formular en palabras el sentimiento que inundaba mi espíritu, añadiría:

—Y aunque me muera..

Libros a la carta

A la carta es un servicio especializado para
empresas,
librerías,
bibliotecas,
editoriales
y centros de enseñanza;
y permite confeccionar libros que, por su formato y concepción, sirven a los propósitos más específicos de estas instituciones.

Las empresas nos encargan ediciones personalizadas para marketing editorial o para regalos institucionales. Y los interesados solicitan, a título personal, ediciones antiguas, o no disponibles en el mercado; y las acompañan con notas y comentarios críticos.

Las ediciones tienen como apoyo un libro de estilo con todo tipo de referencias sobre los criterios de tratamiento tipográfico aplicados a nuestros libros que puede ser consultado en Linkgua-ediciones.com.

Linkgua edita por encargo diferentes versiones de una misma obra con distintos tratamientos ortotipográficos (actualizaciones de carácter divulgativo de un clásico, o versiones estrictamente fieles a la edición original de referencia).

Este servicio de ediciones a la carta le permitirá, si usted se dedica a la enseñanza, tener una forma de hacer pública su interpretación de un texto y, sobre una versión digitalizada «base», usted podrá introducir interpretaciones del texto fuente. Es un tópico que los profesores denuncien en clase los desmanes de una edición, o vayan comentando errores de interpretación de un texto y esta es una solución útil a esa necesidad del mundo académico.

Asimismo publicamos de manera sistemática, en un mismo catálogo, tesis doctorales y actas de congresos académicos, que son distribuidas a través de nuestra Web.

El servicio de «Libros a la carta» funciona de dos formas.

1. Tenemos un fondo de libros digitalizados que usted puede personalizar en tiradas de al menos cinco ejemplares. Estas personalizaciones pueden ser de todo tipo: añadir notas de clase para uso de un grupo de estudiantes,

introducir logos corporativos para uso con fines de marketing empresarial, etc. etc.

2. Buscamos libros descatalogados de otras editoriales y los reeditamos en tiradas cortas a petición de un cliente.